JEAN DU CASTELOUN

DU MÊME AUTEUR
AUX PRESSES DE LA CITÉ

La Colline des contrebandiers
Le Mas des oliviers
Les Géants de pierre
Marie-Marseille

AUX ÉDITIONS AUBÉRON

Fine

Annie Bruel

JEAN DU CASTELOUN

Roman

Production Jeannine Balland
Romans Terres de France

PRESSES DE LA CITÉ

ISBN 2-258-05715-9

A Nicole et François Barattolo,
les heureux propriétaires du magnifique cabanon
que mon enthousiasme a baptisé le Casteloun.

1

Il faisait très chaud ce 14 août 1906, une sécheresse pareille, ça ne s'était jamais vu. Au sol, tout était sec, de la racine à la graine, l'herbe craquait sous les semelles et les cigales surexcitées se démenaient jusqu'à la fin du jour.

Florentina menait l'âne par la bride, sa fille Giuseppina suivait, cramponnée au bât de l'animal. Pour se rendre au marché de Montauroux, négligeant la grand-route qui serpentait trop longuement, Florentina empruntait rituellement le plus malaisé de tous les sentiers, celui qui escaladait le coteau de Bigarel, espérant ainsi gagner sur le nombre de ses pas. La côte était rude et rocailleuse, les ronces débraillées s'accrochaient à sa jupe comme pour l'empêcher d'aller plus avant.

Giuseppina trottinait en pleurnichant. C'était une petite fille potelée, vêtue d'une robe de finette si souvent lavée qu'il n'en restait plus qu'un voile de trame soutenu par deux fines bretelles nouées sur les épaules. Son visage d'ordinaire tout en rondeurs et en fossettes, joues rouges et yeux rieurs, se mouillait aujourd'hui de larmes par la faute de ses pieds blessés par des souliers trop grands.

— J'ai mal, gémissait-elle, j'en peux plus…

— Marche, petite, lui répondait sa mère. L'âne est trop chargé, tu y monteras à la descente.

Cependant Giuseppina s'arrêta bientôt pour enlever sa galoche, les pierres du chemin n'auraient su l'estropier plus méchamment que le cuir qui martyrisait ses talons. Pour ce faire, et sans y prendre garde, elle s'accroupit contre une clôture doublée d'une haie de genêts bien serrés entre lesquels se dissimulait un petit garçon maigre comme un chat. Ses cheveux trop longs frisottaient sur son front, dissimulant le grain de beauté qui s'y trouvait, large tache ronde et brune comme l'empreinte d'un doigt sale.

— T'as mal aux pieds ? demanda l'enfant à Giuseppina.

— Vouïé, regarde, je saigne même !

Elle souleva sa jambe afin d'exhiber sa plaie.

— Beurk ! Ça pisse le sang ! Attends un peu que je te soigne…

Et, aussitôt, le petit garçon se jeta à terre et rampa vers la prairie brûlée à la recherche d'une seule herbe qui ne le serait pas. Nez à terre, on eût dit un chien de chasse. Peu après, il revint de même en annonçant fièrement :

— Té, prends cette herbe et mets-la dessus, elle te soignera.

Il brandissait une tige de millepertuis desséchée

qu'il tendit vers elle entre les tiges de genêt. Giuseppina s'en saisit avec précaution.

— Grand merci, dit-elle.

Elle pressait l'herbe sur sa blessure quand, soudain, le petit garçon murmura plaintivement :

— Cette nuit, ma mère a foutu le camp.

— Elle est partie au marché ?

— Mais non ! Mon père dit qu'elle a foutu le camp pour toujours avec un pistachier de Draguignan.

Giuseppina en resta la bouche ouverte, la chose lui paraissait invraisemblable. Le petit garçon pleurait sans renifler, il abattait seulement ses paupières sur ses yeux châtains bordés de sombre. Elle chercha dans sa tête une phrase propre à le consoler et, brusquement inspirée, elle lui dit gentiment :

— Veux-tu jouer à « Tu m'as pris mon foin » avec moi ? Si tu gagnes, ta maman reviendra !

L'œil éclairci, l'enfant acquiesça du menton. Il écarta les tiges de genêt et approcha sa bouche pour la mettre face à celle de Giuseppina. Très excités par l'enjeu de la lutte mais toutefois respectueux de son préalable, ils récitèrent précipitamment la comptine en avalant la plupart des syllabes : « Tu m'as pris mon foin, tu m'as pris ma paille, jouons à la bataille ! »

A peine dit le dernier mot, ils gonflèrent leurs joues, joignirent leurs lèvres, et chacun souffla vers le visage de l'autre jusqu'à ce que la fillette, asphyxiée, se laissât basculer en arrière en riant.

— Et voilà, tu as gagné ! s'exclama-t-elle. Ta maman reviendra !

Pour un instant seulement, le petit garçon y crut et son visage s'illumina.

Florentina s'était arrêtée un peu plus haut et, tout en reprenant son souffle, elle s'amusait à observer le jeu des enfants. Quand celui-ci s'acheva, elle dit gentiment :

— Allez zou, Gigi, viens maintenant !

Giuseppina obéit et repartit en clopinant, le morceau d'herbe froissée dans une main et sa chaussure meurtrière dans l'autre.

Le petit garçon la regarda escalader le chemin avec grand regret ; grâce à cette aimable petite fille, il avait presque oublié son chagrin.

Giuseppina était la fille de Pietro Carvalone, qu'on disait le Calabrais, un gaillard aux cheveux lisses et aux yeux luisants, un homme armé d'un grand courage qui était arrivé à Montauroux en l'année 1900. Alors que le travail l'attendait à la ville, il avait préféré s'arrêter dans ce pays de misère où l'eau est si rare que tout se fait avec grand-peine et où chacun se débrouille comme il peut pour ne pas mourir de faim. Qu'importe, se louant pour presque rien, abattant le travail de quatre, il avait, en moins de cinq ans, gagné sa bataille. Depuis, on le hélait, le dimanche, pour l'inviter à boire un coup. Tous savaient que dès que le temps manquerait pour finir un ouvrage, qu'il pleuve, qu'il vente ou que le soleil cagnarde, le Calabrais aiderait aimablement.

Depuis son arrivée au pays, Pietro louait une

masure à la vieille Justine, une femme si sèche et si radine qu'elle serait, disait-on, restée accrochée aux vitres de sa maison. C'était alors un cabanon de pierre misérable, plus haut que large, constitué d'une pièce pour les bêtes surmontée d'une pièce pour les gens, chacune fort étroite et dont la porte et l'unique fenêtre s'ouvraient sur un vallon désert, seulement peuplé de cistes, de myrtes et d'argéras. Pour comble de misère, ce cabanon était situé aux Coulettes d'Allongue, collinette fort éloignée du village.

Dès le premier jour où il y entra, le Calabrais, qui ne possédait rien sur terre, sua et souffla jusqu'à rendre sa maison habitable : il refit le toit, le plancher et l'âtre, il désherba les alentours et nettoya le puits qui se trouvait là. Une fois maître d'un chez-soi présentable, il s'en alla à pied jusqu'à Toulon rechercher sa famille afin de vivre comme un homme, c'est-à-dire dans un foyer égayé de cris d'enfants et du sourire d'une femme.

A présent, il travaillait la terre des autres et faisait trimer ses filles. Maria, l'aînée, osseuse et trapue, maniait la faux aussi vigoureusement qu'un homme ; Rosa, la cadette, vive et gaie, cueillait prestement aussi bien la fleur, l'olive que la grappe ; Giuseppina, la benjamine, soignait le jardin qu'il y avait autour du petit mas. A cinq ans à peine, nuque raide et dos rompu, la pauvrette sarclait les rangées de légumes puis elle charriait de l'eau dans une brouette pleine de bidons et de seaux à s'en dégandiller les bras.

En plus des travaux des champs qu'elle ne refusait

pas, la mère, Florentina, reprisait les hardes et cuisait la soupe de sa nichée dans l'âtre.

Si les filles du Calabrais manquaient souvent l'école, si elles étaient souvent vêtues de trop court ou de trop long, elles étaient toujours proprettes et présentes à l'heure du catéchisme et de la messe du dimanche. Pietro Carvalone pouvait se flatter de posséder une famille vertueuse et travailleuse à qui il était difficile de reprocher quoi que ce soit.

2

Lorsque, quittant la Côte d'Azur et laissant le massif de l'Estérel à sa gauche, on entre au pays de Siagne, on traverse une étroite plaine qui sépare les collines du bord de mer de celles des petites Alpes. Appuyés contre celles-ci, celles qui grimpent de vallons en mamelons jusqu'aux montagnes, les villages de Seillans, Fayence, Tourrettes, Callian et Montauroux montent la garde, comme si les Sarrasins et les hordes de Raymond de Turenne se préparaient encore au combat.

Il faisait frisquet, ce matin-là. Dans l'unique pièce qui leur servait de chambre, Giuseppina enfilait sa robe au milieu de ses sœurs qui s'habillaient également. Le premier étage de la maison du Calabrais avait été divisé en deux pour que tous les biens de la famille y trouvent leur place. D'un côté, il y avait les canisses pour faire sécher les figues, puis, au sol, les pommes de terre, les noix, les amandes et les outils de jardinage. De l'autre, les trois paillasses quasiment jointes des filles prenaient presque tout l'espace. Au matin, il leur fallait raccourcir leurs gestes et ne point trop gambader pour ne pas provoquer de protestation ni de bousculade. L'habitude était prise dès l'enfance et les objets soigneusement remis à leur place : le linge dans un coffre, les robes, la veste et le manteau suspendus à des clous plantés en rang d'oignons au-dessus des couchettes de paille. Au rez-de-chaussée, il en était de même : d'un côté, le lit conjugal et l'armoire, de l'autre, l'évier, la mastre, la jarre d'huile, la cheminée et la table de bois. Tous les repas se cuisaient dans le chaudron, la marmite ou les petits pots de terre posés sur la braise. Le père et la mère se levaient alors que le reste de la famille dormait encore. Ils étaient lavés et restaurés quand les filles descendaient l'échelle en bois de cade par ordre de taille : l'aînée, la cadette puis, enfin, Giuseppina.

Giuseppina bataillait afin de faire entrer la totalité ondoyante de sa chevelure brune sous son chapeau de paille. Il y avait toujours une mèche qui, se rebellant, retombait sur sa nuque ou sur sa tempe. Elle trépigna :

— Bou la la ! Qu'imbéciles de cheveux !

— Fais-toi des tresses, lui dit sa sœur.

Giuseppina se renfrogna, elle avait beau se plaindre, elle savait qu'il serait sacrilège d'étouffer les boucles de sa crinière dans une natte sèche comme une corde de chanvre.

Ce jour-là, les filles du Calabrais s'en allaient cueillir à Gours d'Olives, à la ferme du Grand Chêne, celle qui possédait une des plus belles olivaies de Callian. L'heureux propriétaire en était Eugène Marcou, un homme qui vivait à Marseille et ne remontait au village que de temps en temps. Eugène avait la réputation d'être un solitaire peu bavard, un de ces hommes si bourrus qu'on ne sait jamais à quoi ils pensent.

A la veillée, il était un de ceux dont on parlait souvent. Quoiqu'il fût un enfant du village, bien peu pouvaient se targuer de le connaître vraiment. Du temps où il partait six mois de l'année en transhumance, ça se disait déjà :

« Pour le faire parler, celui-là, faut se lever de bonne heure. Quant à savoir ce qu'il a dans la tête, en galère, plutôt vouloir faire raconter le caillou du chemin ! »

Né dans une famille où, de père en fils, on vivait de la terre, Eugène avait commencé son existence en obéissant à la loi de ses ancêtres, donc, en gardant les moutons. Mais, déjà, certains affirmaient qu'il ne les gardait pas comme les autres, on disait qu'il cherchait les pacages les plus secrets afin de ne point avoir à converser avec les charbonniers farouches et les rudes bûcherons. L'été, encore enfant, il montait en alpage à la traîne des vieux bergers du canton. Il n'avait que dix-huit ans lorsque, pris d'un dégoût soudain, il avait devancé l'appel, s'était engagé dans la marine et avait abandonné là son troupeau, ses montagnes et le pays de son enfance.

Lorsque, dix ans plus tard, le quartier-maître

Eugène Marcou était revenu de son troisième voyage au Gabon, le malheureux avait quasiment perdu l'usage de sa jambe droite, blessée au cours d'une échauffourée contre des rebelles indigènes. Les os avaient été tellement mal rafistolés que le pauvre homme boitait très bas. Il faisait peine de voir ce beau gaillard, grand et bien découplé, se déplacer avec une canne, comme un vieux paysan usé par l'ouvrage.

De retour donc, Eugène n'avait pas repris sa cape et son bâton de berger, mais il était parti pour Marseille sans égard pour les pleurs de sa mère ni les malédictions de son père dont il était, hélas, le seul enfant encore vivant. Il ne revenait chez ses vieux parents que deux fois l'an, à la mi-avril, au départ des troupeaux, et à la Saint-Jean. Chaque année le ramenait bourru, silencieux et vêtu aussi grossièrement. Durant ces courtes visites faites au pays de ses ancêtres, il ne parlait guère, surtout pas de ce qui l'occupait à Marseille. Cependant, deux choses étaient certaines, Eugène ne s'en cachait pas : il préférait la ville à la campagne et il gagnait sa vie très largement.

En conséquence, on ne s'étonna guère lorsque, après la mort de son père puis de sa mère, Eugène ferma la belle propriété du Grand Chêne. On s'étonna beaucoup plus lorsqu'il revint au pays pour demander en mariage Simone, la fille de Fernand, le patron du Café de la Place, celle qu'on appelait Banban parce qu'elle boitillait d'un pied sur l'autre.

« Ah bah ! Ils feront la paire », plaisanta-t-on.

Mais, si l'héritière du Café de la Place avait une

jambe plus courte que l'autre, ce qui ne se voyait guère lorsqu'elle était derrière le comptoir, elle ressemblait, en plus, à un cheval.

Eugène avait trente-huit ans lorsqu'il l'épousa.

« J'ai fait fortune dans le commerce des vins », confia-t-il à son futur beau-père...

Ce fut la seule information qu'on eut à se mettre sous la dent.

Aujourd'hui, trente ans plus tard, lorsqu'il revenait au Grand Chêne, il ne restait plus rien du berger mince et silencieux qui gardait les moutons aux alentours du Défens. Peu à peu, Eugène était devenu un homme pesant et instruit qui en imposait à tout le monde. Cependant, toujours vêtu de velours, de toile rêche ou de laine, il ne refusait pas de s'accouder au comptoir pour bavarder un moment avec ceux du pays de son enfance. Mais, à mieux y regarder, il restait le même. Un qui ne parlait guère, un homme plein de mystère et qui ne ressemblait à personne.

Une fois arrivé à Callian, il ouvrait grandes les fenêtres afin de changer l'air confiné de la bastide puis il s'empressait de louer des gens pour s'occuper de sa cueillette d'olives à sa place. Allant et venant parfois sous ses arbres, mais le plus souvent assis sur un banc, prenant en excuse sa mauvaise jambe, il se contentait de compter les mesures et les mottes à la descente du tarare, puis de les apporter au moulin dans des sacs de chanvre.

Il regardait son huile couler dans ses bidons puis,

pressé d'en finir, il la cédait pour presque rien à un de Fayence.

« Ça lui coûte plus que ça lui rapporte », s'étonnait-on.

Eugène s'en moquait. Chaque année, à la fin des olivades, après avoir remis la clef du Grand Chêne dans sa poche, il reprenait le train pour Marseille sans avoir rien livré de ce qui l'occupait là-bas.

Cette année-là, l'air était doux sous le ciel blanc d'hiver, les becs des grives claquaient de toute part. Vers dix heures, la rosée enfuie, on étendit de grands draps sous les oliviers, les hommes se hissèrent au cœur des branches tandis qu'au sol les femmes formaient une ronde autour de la couronne de feuillage argenté.

Bien qu'il eût quatorze ans à peine, Jean du Casteloun était déjà de ceux qui, outils à la ceinture, étaient autorisés à officier au sommet des arbres. On le disait fort adroit pour choisir les branches propres à être sacrifiées et fort dégourdi pour atteindre les rameaux les plus lointains. Il était déjà installé dans le feuillage lorsque Giuseppina fut désignée pour cueillir sur le même olivier. Levant son nez pour saluer selon la coutume, elle le reconnut aussitôt à la tache brune qui troublait son front, et, de surprise, elle s'exclama :

— Jean ?

Il se pencha, l'œil éveillé, il sourit puis grommela :

— Vé ! Ça sait donc cueillir, les Calabraises à la tignasse noire ?

— Dresse la tête sinon ta tache va te tomber dans l'œil, répliqua-t-elle en rougissant.

Depuis le jour où ils avaient lié connaissance sur le chemin de Bigarel, ils se rencontraient régulièrement au mois de mai, à la fête des Saintes, en juin, à la Saint-Jean, et en août, à la Saint-Barthélemy, la fête patronale. Hélas, Giuseppina restant constamment liée à la main de sa mère ou bien figée à deux pas de l'œil sévère de son père, ils se croisaient, se suivaient mais ne s'adressaient jamais la parole. Jean se contentait de lui sourire à travers la foule des vestes de velours, des fichus d'indienne et des coiffes blanches des vieilles villageoises.

« La cueillette sera trop courte en compagnie si agréable », se dit Giuseppina.

Jean fredonnait, la vie était belle depuis qu'il avait aperçu la jeune fille. Il aurait aimé attirer son attention et converser un peu avec elle, mais il craignait trop de provoquer la colère d'Eugène, qui n'aimait pas que ses ouvriers jouent au joli cœur au lieu de faire leur travail. Il choisit donc, pour lui plaire, de s'appliquer à tailler l'arbre de la façon la plus parfaite. A ses pieds, Giuseppina travaillait ferme ; il se disait déjà partout qu'il n'y avait pas plus vaillant que ce petit bout de femme-là.

Elle griffait, frottait et battait les branches de ses mains dures sans se soucier de sa peine. Elle se régalait tout bonnement. Sous prétexte d'inventorier les olives les plus lointaines, elle se dressait de temps à autre sur la pointe des pieds, levait les yeux vers la cime pour contempler avec adoration les galoches, les pantalons et, parfois, plaisir défendu, le visage raisonnable et appliqué de Jean.

A midi, lorsque le vent d'est se leva et que des rouleaux de nuages menaçants remplirent l'horizon, Eugène brama en agitant sa canne vers le levant :

— La pluie s'annonce, alors pas de repas, il faut finir l'ouvrage ! On vous apportera des roustides. Quatre par personne ! Vous viendrez les prendre l'un après l'autre et pas de bousculade, s'il vous plaît !

Un peu plus tard, une femme apportait les tranches de pain frottées d'ail, qu'elle trempait dans l'huile avant de les empiler par quatre dans la main de chaque travailleur.

— J'y vais sans attendre, dit Jean, j'ai l'estomac qui gargouille.

Il amorça sa désescalade avec tant de précipitation que Giuseppina s'affola :

— Là, là, mets ton pied là ! lui cria-t-elle vivement.

Jean obéit, ravi qu'elle prît soin de lui si spontanément.

— Viens avec moi, lui glissa-t-il à l'oreille lorsqu'il atterrit sur le drap.

Giuseppina rosit, le feu d'un plaisir fulgurant l'empourpra. Elle jeta un œil vers les deux vieilles femmes qui cueillaient près d'elle en barjaquant et, voyant que les commères n'avaient pas surpris l'invitation du garçon, elle laissa tomber ses mains et le suivit, cœur battant.

Ils attendirent sagement leur tour, l'estomac bouleversé par le fumet savoureux qui s'échappait du mélange de pain frais, d'huile et d'ail.

— T'as des olives plein la tignasse, glissa Jean à l'oreille de Giuseppina.

Elle secoua sa tête, deux olives en dégringolèrent.

— Regarde, j'ai pas menti... Gare à ne pas finir avec elles sous la meule !

Giuseppina fut servie la première, elle revint vers son arbre tout en dégustant ses tartines. En passant près d'elle, Jean lui sourit encore.

Ce sourire-là n'échappa pas aux deux bonnes vieilles, qui opinèrent de la tête avec indulgence.

3

Les dernières lueurs du jour enflammaient le sommet des petites Alpes lorsque Giuseppina et ses sœurs arrivèrent sur la place de l'église où se préparait le bal qui finissait la fête donnée en l'honneur de sainte Maxime, patronne de Callian. Elles se faufilèrent jusqu'à la fontaine et s'assirent sagement sur son rebord, cou tendu et cœur battant, avides de profiter de ce moment de grande félicité dans l'odeur de la sciure humide répandue sur le sol afin de faciliter le glissement des pas. Seul sur l'estrade, Petit Louis aguichait les premiers badauds en laissant échapper quelques bribes mélodieuses de son instrument.

Giuseppina et ses sœurs étaient encore toutes jeunettes, c'était la première fois qu'elles allaient au bal. Il leur avait fallu batailler longtemps avant que leur père, plus dur à forcer qu'un cochon sauvage, acceptât de les laisser monter seules au village. A ses filles, il n'autorisait que l'obéissance et le travail. Giuseppina, la plus jeune, la favorite, avait usé de toute sa séduction pour remporter la victoire. Il était huit heures du soir quand, agacé, le Calabrais avait cédé de mauvaise grâce :

« Allez-y faire un tour, mais je veux que vous soyez revenues avant onze heures, je vous attendrai aux Quatre Chemins. »

Giuseppina, Maria et Rosa s'étaient aussitôt habillées de propre, elles avaient longuement brossé leurs galoches puis elles avaient pris le chemin du village en jetant leurs éclats de rire par-dessus les fourrés de bruyère. La route était longue des Coulettes d'Allongue jusqu'au village. Il fallait descendre à l'ubac d'une colline, traverser la large plaine et monter à l'adret d'une autre, celle au sommet de laquelle se tenait Callian. Mais peu importait que leur chemin fût long, de très loin leur parvenaient les premiers flonflons de l'accordéon, c'était donc comme si elles y étaient déjà.

Lorsque l'orchestre fut au complet et que commença la première valse, les deux aînées se précipitèrent sur la piste pour virevolter ensemble. Elles avaient si peu de temps devant elles qu'elles ne pouvaient s'offrir le luxe d'attendre une invitation. Giuseppina, qui avait à peine quatorze ans, voulut aussi se mettre au cœur de la fête et, pour cela, elle se faufila juste devant l'estrade. Bien que les hurlements de la trompette blessassent ses tympans, elle frétillait du plaisir de voir luire et vibrer le cuivre des instruments. Elle s'émerveillait de tout. Le mélodieux vacarme faisait trembler la terre et le ciel. Les étoiles elles-mêmes scintillaient plus vivement.

C'est alors qu'apparut un tout jeune homme en chemise blanche et pantalon de toile suivi d'un autre armé d'un galoubet et d'un tambourin. Sans gêne aucune, ils sautèrent sur l'estrade, se plantèrent devant les musiciens et entonnèrent une mazurka. Le plus grand chantait, l'autre l'accompagnait de bon cœur, soufflant et tambourinant. La voix du chanteur était si chaude que Giuseppina, charmée, en vacilla. De là où elle était placée, elle ne distinguait que son menton puisque le garçon bombait le torse pour donner plus d'ampleur à son chant.

Galanti chatouno, amourous jouvènt,
La roso boutouno, ansin nous convèn.
Au jour d'uei qu'es festo, anèn la culi,
Qu'en danso moudesto, devèn trefouli...
Venés que l'ouro s'avanço,
Es festo au mas d'Escanin.
La mazurka, gènto danso,
La faren souto lei pin[1].

Les couples dansaient en fredonnant.

— Qui est-ce qui chante ? demanda Giuseppina à Thérèse qui passait par là.

— Vé ? C'est Jean du Casteloun, le fils de Donatien. Tu l'as pas reconnu ?

---

1. « Jolies filles, garçons amoureux,/ La rose en bouton, ainsi nous convient./ Aujourd'hui, c'est fête, allons la cueillir,/ Et que les danses modestes nous fassent tressaillir.../ Venez, l'heure s'avance,/ C'est la fête au mas d'Escanin./ La mazurka, danse gracieuse,/ Nous la ferons sous les pins » (*Mazurka souto lei pin*, Charloun Rieu).

Giuseppina sursauta, ses sourcils se haussèrent jusqu'à plisser son front. Elle reprit sa pose, nez impertinent levé vers l'estrade. Le chanteur se démenait, faisait retentir sa voix avec un plaisir incontestable. Lorsque, sa chanson finie, il se courba pour recevoir en ovation le salaire de son talent, Giuseppina put enfin voir sa figure, c'était bien celle de Jean, mais un Jean soudain grandi et forci et cachant sa jeunesse sous un soupçon de moustache.

Giuseppina demeura bouche ronde et yeux écarquillés tout le temps que durèrent les applaudissements. Jean et son ami saluaient en faisant de grands gestes, tous deux aussi farouches et fiers qu'une paire de dresseurs de fauves. Enfin, saoulés de bravos, ils firent une pirouette, sautèrent par le fond de l'estrade et s'en allèrent boire un verre à la buvette. Giuseppina n'eut qu'à incliner un peu la tête pour continuer à contempler Jean, accoudé au bar et bavardant avec son compagnon.

L'orchestre s'essaya alors à une scottish puis entonna une polka suivie d'une farandole. Peu après, le tambourinaire et le chanteur remontèrent sur l'estrade pour interpréter une deuxième mazurka. Giuseppina renversa à nouveau sa tête, mains agrippées aux tréteaux de bois. Le premier couplet fini, Jean se pencha vers elle pour entonner ce refrain :

Au son dous di clarinetto,
Di flutèu et di violoun,

Li jouvent, li chatouneto
Venèn di... Coulettes d'Allongue[1].

En remplaçant les derniers mots du refrain par le nom du quartier qu'habitait Giuseppina, il fut clair pour tout le monde que, en quelque sorte, Jean lui dédiait sa chanson. Les regards convergèrent vers une Giuseppina empourprée qui, de plaisir et de pudeur mêlés, s'apprêtait à tomber en pâmoison.

La chanson finie et les applaudissements reçus, Jean sauta par le devant de l'estrade pour atterrir aux pieds de la jeune fille rubiconde.

— *Dansas, madamisello* ? lui demanda-t-il en tendant une main tandis que l'autre, lancée vers l'arrière, accentuait la profondeur de sa révérence.

Giuseppina cherchait en vain quoi répondre quand il la saisit par la main et par la taille.

— Qué chance que tu sois venue ce soir !

Il rit tandis que, transie de bonheur, le respirant à pleine haleine, s'agrippant à lui de toutes ses forces, Giuseppina s'efforçait de suivre ses pas. Quand la danse s'acheva, il lui dit merci puis il l'abandonna au milieu de la piste pour rebondir sur l'estrade.

Giuseppina était encore tout étourdie quand sa sœur la prit par le bras.

— Allez zou, viens, c'est l'heure, il faut nous recamper maintenant.

Les trois filles du Calabrais redescendirent le

1. « Au son doux des clarinettes,/ Des galoubets et des violons,/ Les jeunes gens et les jeunes filles/ Arrivent des... Coulettes d'Allongue » (*Mazurka de San Andiéu*, Charloun Rieu).

chemin alors que, somme toute, le bal commençait à peine. Elles n'avaient pu tournoyer et se gaver de bonheur que durant cinq danses. C'était peu mais c'était déjà beaucoup pour elles. Demain, sur l'aire de battage, tout en soulevant la paille, elles pourraient dire fièrement :

— Hier soir, on est allées au bal de Callian.

Comme il l'avait promis, le Calabrais attendait ses filles, assis sur une borne des Quatre Chemins. Il ne s'impatientait pas, il ne scrutait pas la route, il savait qu'à l'heure dite il entendrait leurs voix. Onze heures sonnaient quand, venus d'entre les murets, leurs rires éveillèrent la campagne. Celui haut et clair de Giuseppina, sa fille la plus chère, couvrant les autres, fit trembler sa moustache. Le Calabrais alluma sa lanterne et reprit sa route à l'envers sans les attendre, certain qu'elles le suivraient pas à pas. S'il maugréait, ce n'était que par habitude, il n'y avait pas de meilleur père que celui-là.

En vérité, le Calabrais était diablement fier de ses filles et il se disait souvent que, travailleuses, honnêtes et obéissantes comme il les avait faites, il n'aurait aucune peine à les marier proprement. Avait-il dû batailler pour en arriver là !

Tout en avançant plan-plan, il se souvenait de ses premiers jours au pays de Fayence, lui qui n'avait ni maison ni terre, lui qui n'était qu'un étranger – il n'existe pas de plus grande misère que celle-là. On lui avait souvent fermé la porte au nez et envoyé des coups de pied aux fesses sans qu'il sache pourquoi. Il n'avait gagné sa place qu'à force d'honnêteté et de travail. C'était en raison de cette lutte interminable qu'il se souciait tant de la bonne réputation de ses filles ; pas seulement parce qu'une fille se doit d'être vertueuse, mais parce qu'il savait qu'on ne leur pardonnerait pas la moindre sottise ni le moindre faux pas.

Jean regretta amèrement le départ de Giuseppina, et, s'il chanta encore, ce fut d'une voix moins vibrante. Lorsque, vers trois heures du matin, les danseurs fatigués s'échappèrent un à un, il serra la main des musiciens et, les poings dans les poches, il prit la longue route qui menait à Montauroux puis il descendit vers Bigarel en pestant. La lune, fine comme une faucille mille fois aiguisée, n'éclairait guère son chemin. Il entra sans faire de bruit dans sa maison. Son père, Donatien, dormait dans la cuisine sur un matelas jeté par terre. Comme d'habitude, il était fin saoul, ses ronflements auraient réveillé un mort.

Jamais personne n'entrait dans le taudis de Donatien. Que serait-on venu faire dans cet antre sale, empestant le moisi et dans lequel paressait un bon à rien ?

Donatien était célèbre pour être le plus pauvre d'entre tous les pauvres, mais un pauvre sans excuse puisqu'il ne possédait pas moins de vingt belles et larges berges [1] et une solide maison. C'était un pauvre volontaire, disait-on, comme il y a des gens qui se tuent volontairement. Pour vivre proprement, il ne lui manquait que le bon sens et le courage. Il en avait toujours été ainsi. Enfant, Donatien traînait déjà sa flemme. Jeune homme, il ne savait que bambocher les jours de foire ; une fois marié, il s'était mis à boire pour de bon.

Et pourtant, à vingt ans à peine et déjà orphelin, il avait hérité d'une maison, une maison qui ne ressemblait à aucune autre, de plus fière maison, il n'y en avait pas. La maison de Donatien avait une forme extraordinaire, haute, robuste et carrée comme le donjon d'un château fort. C'était une sorte de tour à trois niveaux, à la fois massive et élégante, qui se dressait au bord d'une berge et d'où l'on voyait fort loin par-dessus l'Estérel, là-bas. On disait même qu'en d'autres temps, à l'époque des invasions sarrasines, elle avait servi de guet et de relais entre les citadelles du Castelet et de la Colle Noire. Bien assise sur les contreforts du village, elle se riait des bouffées de vent et ses pierres rutilaient du premier au dernier rayon du soleil de printemps. C'est pour cette raison qu'on l'appelait le Casteloun bien qu'en vérité il ne fût qu'un superbe cabanon.

Au-dessus de l'écurie voûtée destinée aux bêtes, il y avait une vaste cuisine, surmontée elle-même d'une chambre et d'un grenier. Chaque ouverture possédait son linteau arqué fait de belles pierres, mais la fenêtre

1. Espaces cultivables de la culture en terrasses.

la plus haute s'ornait en outre d'un tablier carrelé de rouge destiné à empêcher les musaraignes d'y grimper et de dévorer le grain.

Peu importait à Donatien de posséder une maison si belle. Il n'y avait jamais rien fait de propre, il ne cultivait pas sa terre, il n'élevait pas de bêtes, hormis deux chèvres attachées à un piquet d'un bout de l'année à l'autre. Il n'aimait que le plaisir que l'on gagne sans peine, comme boire à plein goulot et courir les bois en braconnage, exercice pour lequel il se montrait assez adroit. Depuis le départ de sa femme, il se nourrissait de gibier, d'amandes, de pois chiches, et des quelques pigeons qui logeaient au plus haut de sa maison ; tout ce qui ne demande guère de peine. Et lorsqu'il gagnait trois sous à vendre son gibier, il se saoulait consciencieusement. Maintemant que son fils se louait chez les autres ou vendait à un parfumeur le genêt et la fleur de Saint-Jean cueillis sur les bords des chemins, Donatien le rançonnait pour aller boire.

Jean, qu'on disait donc Jean du Casteloun, alluma une lampe, puis, nauséeux, il dut enjamber son père pour traverser la cuisine et monter à l'étage. L'odeur était infecte, la saleté s'accrochait aux moellons, des détritus recouvraient entièrement la table. La pire des soues à cochons aurait été plus accueillante. Jean tentait bien parfois de mettre de l'ordre mais c'était peine perdue, remplir le tonneau des Danaïdes aurait été moins désespérant puisqu'en rentrant chez lui le maître de maison se complaisait à vomir et à cracher par terre, à renverser quatre chaises avant de s'asseoir.

Devant un tel désastre, Jean comprenait pourquoi sa sœur aînée s'était dépêchée d'aller se placer à la ville dès qu'elle avait eu quatorze ans. Il comprenait aussi pourquoi sa mère s'était enfuie avec un pistachier de Draguignan. Il regrettait seulement qu'elle l'eût fait en l'abandonnant.

Jean du Casteloun attendait son heure pour en faire autant.

Il atteignit la chambre mais ne s'y arrêta point. Il passa dans le grenier : là était son domaine, son nid d'aigle perché si haut et si difficile à atteindre que son père, trop saoul, ne s'y hasardait pas.

Il ôta sa chemise et son pantalon puis il se coucha en se disant qu'il se pendrait plutôt que de laisser Giuseppina entrer dans cette maison. Giuseppina était sa promise et il l'épouserait lorsqu'il serait grand. Elle lui collait au cœur depuis l'enfance, depuis le jour où elle s'était arrêtée sur le chemin de Bigarel pour soigner ses talons. Allez savoir pourquoi, depuis, il n'en regardait aucune autre ? Sûr qu'elle était mignonne avec toutes ses rondeurs trouées de fossettes, ses bras potelés et ses hanches grassouillettes... Mais ce n'était pas tout... Il y avait autre chose de plus fort qu'il ne s'expliquait pas. Une sorte de contrat passé avec les anges, se disait-il parfois. Giuseppina serait sienne, il ne pouvait en être autrement.

Jean s'allongea sur le dos et serra ses bras le long du corps.

C'était une habitude qu'il avait gardée de l'enfance, depuis que sa mère le couchait dans ce même endroit, bien serré dans ses langes, face aux poutres du plafond. Elle ne l'abandonnait pas ainsi de gaieté de cœur, pauvre femme, mais seulement pour le tenir éloigné de son père qui ne supportait pas d'entendre les cris de ses enfants. Ainsi ligoté et exilé dans ce nid d'aigle, il pouvait gueuler des heures entières sans déranger personne.

Il y était resté jusqu'à l'âge de deux ans et son seul souvenir de cette période était le grincement de la porte s'ouvrant et se refermant.

Jean du Casteloun ferma les yeux pour mieux se rappeler sa danse avec Giuseppina. Il désirait s'endormir en se régalant de son corps moelleux niché dans ses bras et il souriait aux anges, non seulement du plaisir qu'il avait à se souvenir mais parce qu'il savait ce qui l'attendait dès que le sommeil serait là.

Réussirait-il à l'emmener avec lui planer au-dessus du monde ? Saurait-elle se faire assez légère pour l'accompagner dans ses pérégrinations ?

En ce qui le concernait, Jean jouissait de ce privilège depuis longtemps. A l'aube du sommeil, au lieu de s'anéantir sur sa couche et d'y peser de tout son poids, il se maintenait subtilement en alerte puis, à force de le vouloir, il s'allégeait suffisamment pour flotter comme par miracle au-dessus du drap. Un effort de volonté lui était encore nécessaire pour glisser hors de son lit jusqu'à la fenêtre, mais, dès qu'il avait rejoint son ciel, il n'avait qu'à se laisser faire, il planait comme si la pesanteur n'existait pas, sans bruissements ni turbulences, sans moteur ni gouvernail.

Dire qu'il devenait oiseau serait une absurdité totale, il était bien plus léger que cela, il était rai de lumière, brise, poussière infime, et n'avait pas besoin de tricoter des ailes pour se diriger à sa convenance, planer et stationner principalement au-dessus de l'endroit où se tenait Giuseppina.

Jean du Casteloun se rappelait très bien le jour où il avait fait son premier voyage dans les airs, un voyage impromptu celui-là. C'était au temps où, balbutiant encore sur ses jambes, il avait croisé la route de son père, particulièrement bien empégué et de mauvaise humeur, ce qui arrivait souvent. Son père, donc, l'avait saisi par la taille et l'avait tout bonnement jeté par-dessus les restanques vers sa mère, qui sarclait les tomates un peu plus bas. Jean n'avait jamais pu oublier l'irrévocabilité de son itinéraire et la perfection de sa trajectoire, l'air vibrait, le supportait et le transportait comme s'il n'eût été qu'un fétu de paille.

Ce fut à cette occasion qu'il découvrit à quel point, vu d'en haut, le monde peut être différent.

Paupières closes et bras serrés autour de la taille de Giuseppina, Jean se détacha de sa paillasse.

— As-tu peur ?

— Non, répondit Giuseppina.

Il suffisait de le vouloir. Jean désirait si fort

emmener son amour en voyage qu'il réussit à glisser hors de sa couche mais il s'arrêta prudemment devant la fenêtre sale.

— Serre-moi fort, dit-il à Giuseppina.

Elle enfouit sa tête dans son cou. Elle riait de toutes ses fossettes.

Comme par miracle, la fenêtre ouvrit ses bras et, aussitôt, l'espace les aspira.

A présent, Jean planait entre ciel doux et terre ferme tout en serrant Giuseppina contre son cœur. Le feuillage du vieux tilleul caressa leurs jambes, un oiseau, un instant, les accompagna. D'un commun accord, ils s'en allèrent flâner au-dessus du sentier où ils s'étaient rencontrés autrefois.

— Tu te rappelles ? murmura Jean.

Tous deux purent voir alors une petite Giuseppina trébuchant sur les pierres du chemin et se laissant tirer par l'âne. Elle boitait, rigolote, avec ses deux tresses noires et ses yeux ronds.

— Veux-tu jouer avec moi ? demanda-t-elle. Vois, si tu gagnes, ta maman reviendra.

4

La guerre de 14-18, celle qu'on ose appeler la Grande Guerre, s'annonça deux mois plus tard. Aussitôt commencée, elle vida villages et terres de leur force et de leur jeunesse aussi rudement qu'un raz de marée emporte les galets d'une plage. Quand elle se finit, à force de deuils, d'amputations et de blessures, il ne resta guère que des veuves et des orphelins pour faire brûler les ronces des berges où le blé ne se dresserait pas.

Bien qu'il fût tout près d'atteindre ses quarante ans, Donatien fut appelé au début de l'année 1916. La mobilisation le surprit comme tous les autres, un jour où, se doutant que son tour viendrait, il s'était caché dans une carrière de pierres éloignée des villages. Secret de polichinelle qui ne résista pas longtemps au zèle des gendarmes. Depuis la route qui passait un peu plus bas, les pandores à cheval lui firent signe de descendre prendre connaissance du papier bleu que le plus gradé des deux agitait au bout de son bras.

Il se disait que Donatien, faisant mine de ne pas comprendre, avait fui et que la chasse à l'homme avait fini dans les bois.

Jean du Casteloun, qui n'avait que seize ans, s'en alla vivre chez sa grand-tante, qui habitait Saint-Paul-en-Forêt. La pauvre vieille n'avait plus de dents et ne faisait cuire que des soupes épaisses qu'elle buvait dans un bol grand comme un tian. Jean, ayant connu bien des misères, en fit autant, heureux d'habiter dans une maison propre et de coucher dans des draps embaumant la lavande. Il continua à se louer par-ci, par-là, pour les moissons et les vendanges. Le dimanche, il chantait pour égayer les communions et les mariages.

Il économisait sou par sou en se disant : « Quand je serai de retour du régiment, je marierai Giuseppina. »

Ce fut à cette époque qu'Eugène Marcou revint définitivement à Callian, après que sa femme fut morte sans lui donner d'enfants. Bien qu'à présent âgé de quarante-cinq ans et souffrant toujours de sa jambe, il repoussa la porte et les volets du Grand Chêne comme s'il s'apprêtait à se remettre à cultiver le blé, l'olive et le jasmin.

Une fois rouvertes les fenêtres et nettoyés les alentours, Eugène fit brûler tout ce que la ferme contenait de vieilles choses avant de faire venir un maçon et de lui commander de reprendre quelques murs et de moderniser la vieille cuisine, trop sombre. Ensuite, il y mit des meubles qu'il ramenait de Marseille et qu'on lui transportait en charreton. Des meubles superbement sculptés et finement lustrés par les ans. Ce fut ainsi qu'on vit passer un pétrin, une armoire, un lit large comme un bras de mer et des commodes à foison. Eugène commandait aux hommes de force tout en se frottant les mains, puis il saluait ses voisins en prenant un air amène et bonhomme.

« Cul cousu d'or, peut-être, mais pas fier », disait-on.

Eugène vécut seul dans sa bastide une année durant. Il n'y demeurait guère cependant et passait le plus clair de son temps dans les cafés et les jeux de pétanque de Montauroux comme de Callian, chose étonnante puisque les deux villages se vouaient une haine centenaire, si lointaine que nul n'en connaissait les raisons. Il offrait à boire, il écoutait blaguer ses anciens collègues et ses camarades d'école, il semblait parfaitement heureux d'être revenu au pays de son enfance.

Donatien avait eu bien raison d'avoir peur d'être mobilisé : il avait à peine atteint le front qu'une balle fit exploser sa tête si complètement qu'on ne le reconnut qu'à son matricule. Ses terres et sa jolie maison furent mises en vente afin que le fruit en soit partagé, à leur majorité, entre ses deux enfants, Jean du Casteloun et sa sœur Marie, mariée à un de Toulon.

Hélas, si belles que soient sa maison et ses restanques, il ne fut pas facile de trouver preneur à une époque où la plupart des paysans français pourrissaient encore dans les champs d'Argonne, s'ils n'étaient pas revenus chez eux estropiés, tout juste bons à s'asseoir sur un banc. Ceux qui auraient aimé travailler cette magnifique terre n'avaient pas de quoi se l'offrir, ceux qui auraient pu n'en avaient pas le talent.

Parmi les premiers, le plus passionné de tous était Jocelyn Ridelle, qu'on appelait Gibous parce qu'il était né bossu. C'était cependant un magnifique vieillard qui possédait une petite campagne dans la plaine, petite campagne pas plus grande qu'un mouchoir de poche, sur laquelle il se régalait à soigner une vingtaine de ruches entassées dans le fond de son jardin. Peu importait que la place lui manquât, bon an mal an, Gibous vivait de son miel et ne se plaignait pas. La seule chose qui le désespérait vraiment était de devoir, lui, le contemplatif, le poète, se traîner au pied des coteaux superbes au lieu de pouvoir admirer le monde entier du haut du mamelon : « D'ici, pour prendre l'air, je dois toujours lever le menton », disait-il avec rancœur.

Cela faisait pas moins d'un demi-siècle qu'il se sentait misérable de vivre au ras du sol et qu'il attendait l'occasion d'abandonner sa maison basse, comme écrasée, dédaignée par les collines fières, pour aller s'installer tout là-haut, pourquoi pas au Casteloun, et se promener sur ses berges longues et larges, recouvertes d'oliviers gras. Tout au long de sa longue vie, il avait économisé sou à sou dans l'espoir de réaliser un jour cette merveilleuse ascension.

Hélas, le jour venu, il n'était pas parvenu à réunir la somme que le notaire demandait pour acheter la maison de Donatien.

Le Casteloun resta donc à l'abandon jusqu'à ce qu'une vente par adjudication soit organisée en octobre 1918. La mise à prix annoncée était tout à fait ridicule et Gibous sentit arriver son jour de gloire. « Je m'en fous d'être vieux, disait-il. Là-haut, je mourrai content. »

Ensuite, il ajoutait seulement pour lui-même : « Ma petite Arnaude, elle aussi, y serait heureuse, pauvrette. »

Arnaude était sa dernière fille, la seule de tous ses enfants qui soit restée à la maison. La pauvre était née naine et contrefaite et, un peu parce qu'il en avait honte, un peu pour la protéger des quolibets des garnements, Gibous, qui l'adorait, la tenait cachée au fond de sa cuisine d'un bout de l'année à l'autre. Et lorsque d'en bas, de son muret, il levait le nez pour contempler les restanques de Donatien : « De là-haut, elle ne se sentirait plus si petite, ma droulette... » pensait-il en se mouchant.

Le jour dit, une foule énorme de curieux se présenta chez le notaire pour se presser ensuite devant le bureau sur lequel attendaient les trois bougies des enchères. Gibous, bien sûr, figurait en première ligne. Dès que la première flamme se mit à trembler, il fit une propositon à vingt mille francs. On retint son souffle, les poitrines palpitaient imperceptiblement. Personne ne surenchérit, et la flamme dansa trois longues minutes avant de s'éteindre brusquement.

La deuxième bougie, elle, se consuma dans un silence parfait uniquement troublé de sourds murmures et de bouffées de fumée sorties des pipes brûlantes. Gibous piétinait sans cesse, il n'en pouvait plus, il manquait d'air, l'espérance prenait forme et il sentait son cœur s'emballer dangereusement.

Mais, quand le notaire fit naître la troisième et dernière flamme, un grand calme détendit soudain ses membres engourdis par l'appréhension. Cette bougie-là, toute ratatinée, n'avait guère de temps à vivre. L'affaire était quasiment faite et Gibous étira ses lèvres dans un sourire de contentement.

La lueur indigente agonisait déjà lorsque, venue du fond de la salle, on entendit s'élever une voix :

— Vingt-cinq mille !

— Adjugé, dit en écho le notaire, qui, penché vers la misérable bougie, venait de constater la mort certaine de la flamme agonisante.

Le cœur de Gibous faillit s'éteindre du même coup. On dut soutenir le malheureux, il s'en fallut de peu qu'il ne rendît l'âme sur-le-champ.

L'acheteur avisé était un étranger, un de Castellane, un jeune gavot appelé Amédée, un chanceux qui avait échappé à l'hécatombe de la Grande Guerre, un homme hargneux et cupide, au corps grêle et nerveux, à la tête plus dure qu'une souche d'olivier.

A peine installé au Casteloun, Amédée remit de l'ordre dans les beaux arbres délaissés par Donatien, puis il se lança à grands frais dans la culture du jasmin. L'argent semblait ne pas lui manquer, il coulait de ses doigts. Après quelques travaux coûteux, il installa sa femme et ses deux petites filles dans la tour d'où, jadis, s'envolait Jean.

Gibous continua à vivre avec Arnaude dans sa petite maison de la plaine. Il ne parlait jamais du jour malheureux où le Casteloun lui avait échappé par la faute d'un vaurien. Et s'il s'asseyait encore sur son muret de pierres, il était bien rare qu'on le surprît à lever le menton.

« La chance est pour la canaille », disait-il à ceux qui passaient par là.

Toujours soucieux de sa respectabilité, le Calabrais avait eu la mauvaise idée de se faire naturaliser en 1910. Il fut donc, lui aussi, mobilisé ; il revint de la guerre sur ses deux jambes, vivant sans doute mais, à la vérité, ne valant guère mieux qu'un mort. A chaque geste qu'il faisait, ses poumons brûlés se débattaient sans fin à la recherche d'une bouffée d'air et puis d'une autre, d'une autre encore, interminablement, sans jamais pouvoir se rassasier. Il faisait peine à voir. Comme il ne put reprendre son travail, la misère s'abattit sur le cabanon des Coulettes d'Allongue où, les aînées étant parties à la ville, il ne restait plus que le père, la mère et Giuseppina.

La ferme du Grand Chêne était toute pimpante

lorsque arriva le temps des olivades de l'année 1920. Comme de coutume, Eugène embaucha ses cueilleurs et, comme d'habitude, il les regarda faire, assis sur un banc. Parmi les personnes éparpillées sous ses oliviers, il y avait Jean, qui revenait de son régiment, et Giuseppina, qui avait dix-neuf printemps.

Cela faisait belle lurette qu'Eugène les connaissait, il les savait bons travailleurs, de ceux qui cueillent sans perdre de temps. Il ne les surveillait guère, préférant guetter les fainéants. Ce jour-là, il les surprit néanmoins, à l'heure du déjeuner, en train de se faufiler sous les branches afin de s'isoler un peu. L'air de rien, il les suivit des yeux. Les deux jeunes gens bavardaient, bien proches, quand soudain le garçon donna un baiser à la fille, qui le lui rendit pudiquement.

Une semaine plus tard, une fois les olives pressées et l'huile rangée, Eugène monta dans sa carriole et se rendit aux Coulettes d'Allongue. Le malheureux Calabrais, qui ne pouvait plus guère se rendre utile, était assis sur le seuil de sa maison.

Eugène examina le pauvre homme et lui dit :

— Je voudrais ta fille Giuseppina pour s'occuper de ma cuisine et de mon ménage. Je lui donnerai cent francs.

Personne ne sait ce qu'ils se dirent ensuite, leur conversation dura longtemps, mais quand, en s'en allant, il passa devant elle, Eugène dit à Giuseppina :

— Je t'attends lundi matin, ne tarde pas.

Dans les jours qui suivirent, Eugène se mit à la

recherche de Jean. Quand il l'eut trouvé, il arrêta le jeune homme du bout de sa canne.

— Tu cherches du travail ?

— Sûr, répondit Jean.

— Viens chez moi, l'ouvrage ne manque pas. En plus du coucher et du manger, tu auras deux cents francs.

Jean accepta en exultant. Non seulement il avait trouvé une bonne place mais il allait vivre là où vivait Giuseppina. Il n'aurait plus qu'à l'épouser dès que viendrait le printemps.

Mais le printemps vint sans que Jean du Casteloun épousât Giuseppina.

A Montauroux comme à Callian on s'étonna un peu puis, de soucis en deuils, on oublia.

5

Le temps filait bien vite à la ferme du Grand Chêne, personne ne flemmardait, il y avait beaucoup à faire pour contenter Eugène. Giuseppina tenait son intérieur avec un zèle méticuleux que lui aurait envié la plus aguerrie des maîtresses de maison. Elle se levait la première, allumait les feux, astiquait les meubles, les carreaux et les moellons alors que le soleil paressait encore à l'horizon. Ensuite, elle fabriquait et cuisinait mille sortes de pâtes dont elle régalait les hommes. Il y avait toujours une daube ou un monceau d'oreillettes serrées dans le garde-manger et prêtes à combler un estomac. Du matin au soir, elle ne s'asseyait pas. Elle prenait grand plaisir à faire son ouvrage dans la paix et le luxe de la cuisine du Grand Chêne, elle qui avait toujours vu sa mère se débattre pour rouler ses pâtes sur un coin de la table ou cuisiner à croupetons devant l'âtre.

Lorsqu'il y avait du travail sur les terres, Giuseppina se levait plus tôt encore afin d'avoir fini de préparer son repas et son ménage avant de s'en aller cueillir la fleur ou l'olive ou bien lier les gerbes derrière les moissonneurs. Elle aurait pourtant pu rester à la bastide à fourbir ou cuisiner gentiment, Eugène n'exigeait pas qu'elle fît double tâche. Mais c'était plus fort qu'elle, quand la fleur était prête, le blé mûr, l'olive noire, il lui fallait à tout prix en être. Elle avait été élevée comme cela, il était trop tard pour changer sa manière de voir. Au-delà de la peine supplémentaire qu'elle s'imposait, le plaisir était trop grand de se retrouver sur les berges, de babiller avec les autres entre les rangées de jasmin ou sous les feuillages.

A peine entrée au service d'Eugène, force fut à Giuseppina de constater que le maître du Grand Chêne était un homme qui ne ressemblait à aucun autre. Elle le savait déjà solitaire et peu loquace, mais il possédait, en outre, un caractère bizarre. Ce n'était pas un méchant homme, certes, il n'était ni dur ni exigeant, mais il était distant comme s'il vivait ailleurs, dans un monde différent, à mille lieues de là. Distant, non pas du fait qu'elle fût la servante et lui le maître, mais comme s'il était préoccupé par d'autres choses, comme s'il ne la voyait pas. Il ne posait jamais les yeux sur elle, il ne cherchait jamais à la toucher ni à l'embrasser de force. Habituée comme elle l'était aux hommages et aux regards goulus des autres hommes, Giuseppina s'en trouvait fort heureuse, même si la chose l'étonnait parfois.

D'autre part, sans être réellement malade, Eugène était souvent patraque. La nuit, il dormait mal et, le reste du temps, il paraissait inquiet, soucieux même, comme rongé par un interminable tracas. Il endurait aussi de fort méchantes migraines qui l'obligeaient à rester couché des jours entiers, enfermé dans le noir. Le reste du temps, comme pour faire la nique à ses souffrances, Eugène s'efforçait de monter régulièrement au village. Il passait de longues heures à jouer aux boules avec les uns, à plaisanter avec les autres, puis il entrait au Café de la Place où il ne refusait jamais d'offrir une tournée générale. Quand elle l'apercevait, accoudé au bar, Giuseppina pensait : « Il n'est pas le même au village qu'à la maison. »

En outre, chaque fin de mois, Eugène ne manquait jamais de s'en aller passer deux ou trois jours à Marseille. Lorsque, au petit matin, Jean l'emmenait en carriole jusqu'à la gare pour prendre le train Nice-Meyrargues, lui, d'ordinaire si secret, confiait à son valet :

« Je m'en vais retrouver une femme que j'ai là-bas. Il n'est pas défendu de prendre un peu de bon temps. »

Ces jours-là, Giuseppina et Jean abandonnaient leur ouvrage pour savourer quelques moments de baisers, de confidences et de mots d'amour. Ils étaient à cette époque les deux jeunes gens les plus heureux du monde, avec toute une vie belle et droite ouverte devant eux.

Eugène ne cherchait pas à savoir ce qui se passait entre son valet et sa servante en son absence. Il s'en doutait mais s'en fichait probablement. A son retour, il reprenait son air mystérieux et souffreteux.

« Cette femme de Marseille le tue à petit feu », se disait Giuseppina.

Le temps passant, Eugène prit l'habitude de boire de plus en plus et de plus en plus souvent. Chez lui, seul, en regardant les poutres du plafond, puis au village, en écoutant ses collègues raconter des histoires.

Le blé commençait à jaunir, les roses s'entrouvraient à peine lorsque, un matin, Eugène Marcou partit comme de coutume pour Marseille par le train de Meyrargues.

En revenant de la gare où il avait conduit son maître, Jean courut jusqu'à la bastide dans l'intention de rattraper le temps perdu en se régalant des baisers et des tendresses de Giuseppina. La belle n'était pas dans sa cuisine. Jean hésita un instant puis il grimpa l'escalier et se faufila jusqu'à sa chambre.

Giuseppina était en chemise devant sa fenêtre ouverte. L'attendait-elle ou regardait-elle l'aurore apparaître sur Tanneron ?

— Sens ! lui cria-t-elle tout en tendant son bras vers les champs de roses qui s'étageaient à leurs pieds jusqu'à la plaine.

— Nous aurons bien le temps de nous en saouler quand nous les effeuillerons ! plaisanta Jean. Viens et donne-moi un baiser.

De baiser en baiser, leur amour était trop grand et trop exaltante leur liberté nouvelle, ils tombèrent sur le lit et s'aimèrent toute la matinée durant.

Giuseppina, soucieuse, était encore à compter les jours de retard lorsque Eugène la retint par le bras, un soir.

— J'ai à te parler, dit-il. Assieds-toi là.

Il s'assit à son tour et n'attendit pas pour demander :

— Tu es grosse, n'est-ce pas ?

Giuseppina rougit, blêmit, faillit s'évanouir de honte, mais elle fut incapable de protester hardiment.

— Réponds, insista-t-il.

— Je, je ne sais pas...

— Moi, je sais.

Eugène avait une mine terrible, un regard sévère et glacé que Giuseppina ne lui connaissait pas. Elle fut prise de tremblements.

— Jean et moi, nous allons nous marier, risqua-t-elle enfin.

— Qui ?

— Eh bien, Jean et...

Il ne la laissa pas finir :

— Pas question !

Comme elle se dressait de sa chaise, il la retint et adoucit sa voix.

— C'est moi qui t'épouserai... Vois-tu, il me faut un enfant, un fils de préférence.

La chose était tellement ahurissante qu'elle se rassura :

— Vous n'avez qu'à le faire vous-même, je ne suis pas votre femme !

Il tapa du poing sur la table, la bouteille de vin se renversa.

— Ne te mêle pas de ça !

— Mais ni Jean ni mon père ne vous laisseront faire… C'est une histoire d'un autre monde, ce que vous demandez là !

Eugène baissa la voix :

— Ton père sera d'accord. Va lui demander, va !

Elle s'enfuit en pensant : « Il a bu, ses yeux lui sortent de la tête, il aura tout oublié demain matin. »

Mais, dans le même temps, quelque chose lui disait qu'Eugène ne divaguait pas. Elle se jeta sur son lit avec la sensation d'avoir le mollet pris dans un piège à renard.

Giuseppina ne put s'endormir, elle entendit la grosse pendule tinter plusieurs fois.

Dans sa chambre, Eugène ronflait plaintivement. Seul le balancier de la pendule troublait le silence quand Giuseppina sortit de sa chambre. Elle ouvrit la porte de la bastide mais ne se dirigea pas vers la remise où dormait Jean. Jean était trop tendre, à la fois trop exalté et trop influençable.

La nuit était noire, pas la moindre lune n'éclairerait le chemin des Coulettes d'Allongue ; elle décrocha la lampe et l'alluma. Un violent pressentiment lui disait qu'il lui fallait aller chercher de l'aide sans attendre. L'aide de son père, un brave homme, un juste qui n'avait jamais failli et qui ne l'avait jamais laissée dans l'embarras.

Elle courut tout le long du chemin, elle en connaissait chaque buisson, chaque pierre. Minuit sonnait quand elle arriva devant le cabanon.

Giuseppina, hélas, n'était pas de celles qui dissimulent aisément leur grossesse dans le secret de leurs maigres hanches. Déjà naturellement ronde, elle resplendit si rapidement d'un soudain embonpoint qu'on s'aperçut très vite qu'elle cachait mal sa faute sous son tablier de toile. Le village tout entier aussitôt rigola. Qui était le père du bastard ? Eugène ou Jean ? Le maître ou le valet du Grand Chêne ? En galère, on ne tarderait pas à le savoir...

Lorsque, l'air de rien, on le questionnait, Jean se récriait, l'humeur mauvaise ; Eugène, lui, toussotait en clignant de l'œil. Giuseppina baissait tristement son front rubicond.

— Ça lui va bien de baisser la tête, elle le fait aussi bien que de baisser sa culotte.

— Peut-être bien qu'elle-même ne sait pas qui c'est. Va savoir, un jour l'un, un jour l'autre...

— Quand il va naître, le bastardon, on verra bien à qui il ressemble...

Les curieux n'eurent pas longtemps à attendre puisque, au premier jour du mois de juillet, on put lire sur la porte de la mairie l'annonce du mariage d'Eugène Marcou et de Giuseppina Carvalone. La stupeur fut totale. Tout le monde commenta l'événement :

— C'est pas Dieu possible !

— Elle a su faire son chemin, la garce !
— Moi qui pensais qu'elle fricotait avec Jean !
— Té ! Elle a préféré les sous de l'autre.
— Boùdieu ! Jamais de la vie je n'aurais mis l'Eugène dans mon lit !
— Mais t'aurais bien mis son argent sous tes draps !

Le village tout entier s'éparpillait sur le parvis de l'église de Callian le samedi où Eugène épousa Giuseppina. On vit le Calabrais, malade, près de mourir, traverser la place avec sa fille qui le soutenait par le bras. Le malheureux avait le visage blême et maigre, il tremblait de tous ses membres mais ses yeux luisaient d'une fierté incomparable. Il fit néanmoins tout le chemin à pied, passa la grande porte et longea les rangées de bancs jusqu'à la nef, si faible qu'il serait tombé sur le sol s'il ne s'était accroché à Giuseppina.

Le lendemain, le pauvre Calabrais rendait son âme.

— Peuchère, le samedi, il mène sa petite à l'autel, le dimanche, il fait la même route entre quatre planches !

Florentina s'en vint vivre avec sa fille au Grand Chêne.

Le petit de Giuseppina naquit deux mois plus tard. C'était un nourrisson brun de peau et de poil qui ne ressemblait ni à Eugène ni à Jean, mais seulement, comme un cadeau fait au brave, à son grand-père venu à pied de Calabre.

6

A une époque où traverser de longues années de labeur et de guerres en se maintenant sur ses deux pieds et avec toute sa raison tenait de l'exploit, Gibous passait pour un miraculé, un de ceux que le ciel protège éternellement. Le registre d'état civil disait qu'il avait quatre-vingt-cinq ans. Quatre-vingt-cinq ans était un âge où, d'ordinaire, on somnole près de l'âtre si l'on ne médite pas à l'ombre, assis sur un banc. Mais Gibous avait toujours été d'une autre trempe. Il se levait encore avec le soleil comme autrefois, cultivait son jardin et soignait ses abeilles ; on le voyait même, en saison, fusil à l'épaule, partir dans les collines à la chasse au lapin. Après sa sieste, il déambulait sur les sentiers, l'œil aux aguets, ou s'asseyait sur un muret de pierre afin de pouvoir héler ceux qui passaient par là. Pas le moindre événement survenu dans la plaine, sur les coteaux de Gours d'Olives ou sur ceux de Bigarel, n'échappait à son observation.

« Si tu veux savoir ce qui se passe, demande à Gibous », disait la rumeur.

Malgré sa bosse, Gibous n'avait jamais ménagé sa peine, il avait toujours été un gros travailleur, solide comme un roc. Il avait résisté à l'épidémie de variole qui avait abattu sa femme et trois de ses enfants. Il n'avait qu'une faiblesse, qu'une honte dont il se défendait du mieux qu'il pouvait : l'existence de sa petite, sa dernière-née, Arnaude, qu'il cachait au fond de sa maison. Arnaude aurait bientôt quarante ans, pourtant, s'il l'appelait encore sa petite, c'était parce qu'il l'aimait de tout son cœur et non pas parce qu'elle n'était pas plus haute qu'un enfant. Lui avec sa bosse et elle avec ses membres courts et torses avaient vécu la même galère, ils se comprenaient en silence.

Et si, depuis des années, il enfermait la pauvrette, ce n'était pas pour la punir d'être contrefaite, Dieu garde ! Ce n'était que pour la protéger des méchants.

L'été de l'année 1922 serait sans doute le plus chaud du siècle. La canicule, qui avait commencé en mai, durait encore. En juillet déjà, la terre craquelée n'était recouverte que d'une herbe jaunie qui s'émiettait sous les pas.

Lorsqu'il se réveilla, ce matin-là, Gibous grommela :

— Coquin de sort ! Quelle estouffade, j'ai pas fermé l'œil !

La nuit avait été chaude et lourde, épuisante pour le souffle, éprouvante pour le cœur. Vers une heure du matin, Gibous s'était levé, il avait tiré sa chaise de paille devant sa porte et s'y était assis dans la fraîcheur, pour respirer plus librement. Il avait rempli sa pipe d'un mélange d'herbes dont il taisait la recette puis il avait regardé au loin, là-bas.

Au loin là-bas, au-delà de la plaine endormie, se trouvaient les premiers coteaux qui s'élèvent jusqu'au mont Vinaigre avant de courir jusqu'à la mer Méditerranée. Pas une lueur, pas un fanal. Gens, bêtes et terre fatigués dormaient dans l'obscurité.

Bien calé contre le dossier de sa chaise, Gibous somnolait puis s'éveillait au gré de ses songes. Avait-il rêvé lorsqu'il avait vu naître, là, juste devant lui, une lumière en plein bois ? Une lueur dansante, fragile comme un elfe, comme l'esprit malin dont on parle le soir, aux veillées, en buvant du vin d'oranges.

Mais, à mieux y regarder, il s'était aperçu qu'il s'agissait tout bonnement de la lueur d'une lampe que quelqu'un devait tenir à bout de bras. Un charretier menant son charreton, sûrement, le lent balancement de la lampe le disait clairement. Gibous l'avait longtemps suivie des yeux en se demandant qui pouvait bien être ce noctambule qui cheminait dans un endroit où il n'y avait rien, pas le moindre chemin, pas le moindre cabanon potable, rien que des ruines recouvertes de ronces et des buissons d'épines d'argéras. La lumière cahotait entre les pins et les chênes, noyée dans une forêt déserte, si touffue que même les chasseurs n'y entraient pas.

Gibous avait en tête la cartographie parfaite de la colline que, depuis quatre-vingt-cinq ans, il avait devant les yeux. Il connaissait le tracé exact de chaque sentier, de chaque carraire, de chaque draille. Il était prêt à le jurer, la lampe cahotait dans un endroit qui ne menait nulle part. Ce mystère le maintint éveillé un bon moment. Il se creusait la tête pour inventer des « peut-être bien » et des « supposons », ravi d'avoir quelque chose à donner à manger à sa cervelle qui tournait à vide depuis trop longtemps.

Qui donc pouvait avoir quelque chose à faire par là, dans ce désert, à minuit sonnant ?

Par là ? Gibous se souvint brusquement que, par là justement, il y avait un puits qu'ils n'étaient pas beaucoup à connaître, un puits vieux comme le monde et qui ne servait plus depuis cent ans. On l'appelait le puits du Plan. Son père le lui avait montré lorsqu'il était gosse, un jour qu'ils braconnaient dans la forêt... C'était... en 1848. Il s'en souvenait bien : à Paris, l'insurrection faisait rage.

Le puits avait perdu sa voûte, il n'en restait plus qu'un petit muret haut de deux pieds. Le père et l'enfant s'étaient penchés par-dessus les pierres et le père avait dit :

« Regarde, fiston ! Ce puits que tu vois là est le plus profond du canton, gare à ne pas y tomber ! *Pourquoi* on pourrait pas t'y reprendre ! Vé, si j'y lance une pierre, tu peux tourner deux fois sur toi-même avant d'entendre le *floc* ! »

Le père, solennel, y avait jeté un caillou et, comme promis, Gibous avait eu le temps de faire ses deux pirouettes.

En s'éloignant, son père avait ajouté :

« Ecoute bien, petit, je ne connais pas de meilleure eau que celle-là. Elle sent la bruyère et la résine des pins. »

Gibous s'était promis de rester éveillé jusqu'à voir s'arrêter la lampe. Fan des pieds, elle s'arrêterait bien quelque part, cette garce qui le raillait en se balançant ! Hélas, était-ce à force de fixer sans cesse les clignotements falots de sa lumière, était-ce du plaisir d'avoir fait un petit tour dans son enfance ? Gibous s'était endormi brusquement.

Lorsqu'il se réveilla, tout engourdi, il n'y avait plus de lampe ni de lumière, l'aube naissait derrière Tanneron.

Ce matin-là, donc, tout en inspectant le ciel sans nuages, Gibous râla :

— En galère, il ne pleuvra pas de sitôt ! Coquin de sort !

Mais ce n'était pas ce qui le mettait de mauvaise humeur. En vérité, il était vexé d'avoir failli à la promesse qu'il s'était faite de surveiller la lampe et furieux de s'être endormi comme un enfant. A présent, il se demandait s'il n'avait pas rêvé, tout simplement.

Grommelant, il se dirigea vers son puits pour y prendre l'eau du matin. Il fit filer la corde dans un geste machinal mais, au lieu du *plouf* attendu, le seau ne fit entendre qu'un *bing* inquiétant. Il enfonça sa tête sous la voûte et se pencha au-dessus de la margelle, le seau s'était renversé sur les pierres du fond. La terre avait bu jusqu'à la dernière goutte et laissait son puits aussi sec que le creux de sa main.

— Couquin de Dieu !

Il fallait pourtant bien apporter de l'eau belle et propre à Arnaude pour cuire les pois chiches et faire un brin de toilette !

Après quelques imprécations lancées vers le ciel et quelques lamentations sur la condition humaine, Gibous, toujours gaillard, se résolut à voir dans ce désastre un signe du destin.

Il était dix heures lorsque Gibous partit vers le puits du Plan, un bidon et un seau accrochés à son dos à l'aide de courroies. « Je ressemble à un âne », s'était-il dit en se harnachant de corde et de ferraille brinquebalante.

« Je m'en vais chercher de l'eau, avait-il expliqué à Arnaude. J'en ai pour un bon moment. Surtout, ne te montre pas. »

Sûr qu'il aurait eu moins de peine à aller prendre son eau au village, il le savait bien. Mais, ce matin-là, il préférait aller la chercher là où il la savait abondante et bonne, au puits du Plan.

Il n'était pas totalement de mauvaise foi. De tout temps, il avait méprisé l'eau de la fontaine qu'il appelait « l'eau des tuyaux ».

« En plus, elle sent le mort, disait-il, vu qu'elle passe sous le cimetière avant d'arriver au village. »

L'eau du puits du Plan, elle, sentait bon la bruyère et la résine des pins.

Le puits du Plan était très éloigné, bien sûr, mais cela importait peu. Il avait tout son temps, du temps de reste, le temps des vieux. Le chemin qui y menait était broussailleux, certes, la côte mauvaise, mais, au bout de sa peine, il se régalerait d'une eau délicieuse qui lui rappellerait son enfance. Cela valait bien quelques pas de plus.

Et puis, et puis... dans le même temps, il s'assurerait qu'il n'avait pas rêvé, ou pire, qu'il n'était pas en train de perdre son bon sens comme son voisin François, un pauvre vieux qui, juste avant de mourir, courait après les fées qu'il voyait danser dans son champ.

Pressé, mais pas trop, curieux et circonspect comme un chien de chasse, Gibous s'élança dans le grand chemin qui gravissait la colline, chemin qu'il abandonnerait bientôt pour se diriger vers le puits du Plan. Tout en avançant, il observait le sol, à la recherche de traces, c'était une vieille habitude. Son cœur bondit de plaisir lorsqu'il aperçut enfin deux lignes parallèles sur une portion de chemin sablonneux, de celles que laisse le fer des roues des charretons.

— Té, je l'avais bien dit !

Il se sentit soudain tout ragaillardi, il n'avait pas pantaillé ni perdu la raison !

A l'endroit même où il fallait bifurquer, les traces bifurquaient également. Son cœur d'ancêtre battit fort dans sa poitrine. Gibous était un malin ! Suivre des traces si belles était un jeu d'enfant. Elles s'arrêtaient sur les pierres, reprenaient sur la terre, elles abattaient l'herbe, cassaient les brindilles et revenaient toujours après avoir disparu brièvement.

Un tas de crottin le jeta dans la béatitude.

— Té, je l'avais bien dit.

Mais une soudaine appréhension le fit changer de ton :

— Vé, tu vas voir qu'un salopard est venu remplir ses bidons. Je te l'estripe s'il a vidé le puits avant moi !

Le charreton avait dû peiner pour faire son chemin dans la haute broussaille, l'herbe était bien rabattue, cisaillée, piétinée par les sabots de la mule.

Lorsqu'il arriva à quelques mètres du puits de son enfance, Gibous n'y tint plus, il se défit de sa corde, de son seau et de son bidon pour se précipiter plus aisément.

— Pourvu qu'il en reste encore !

Ce fut avec des souvenirs plein la tête qu'il fit les derniers pas et qu'il s'agenouilla prudemment, comme le conseillait son père, avant de pencher sa tête au-dessus du puits si profond. Au premier coup d'œil, il constata avec bonheur qu'il n'était pas vide, l'eau miroitait comme autrefois. Il se sentit aussitôt le plus heureux des hommes. En plus de savoir qu'il n'était pas fou, il allait pouvoir boire une eau délicieuse qui lui rappellerait son pauvre papa.

— Ma foi, le temps a passé, il me semblait qu'il était plus profond...

A mieux y regarder, il cligna des yeux avec

inquiétude. L'eau était bien là mais quelque chose de sombre et de laiteux la troublait par endroits.

— Tron de Dieu ! Un salopard a jeté des bordilles dans mon puits !

Ce fut un Gibous bouillonnant de colère qui revint sur ses pas afin de prendre la corde et la lampe qu'il avait eu soin de joindre à son barda. Quand on s'en va si loin, on n'est jamais assez prudent.

Peu après, il faisait descendre la lampe attachée au bout de la corde le long de la paroi de pierres. La lumière éclaira le fond et ce qu'il vit alors le fit se jeter en arrière si rudement qu'il faillit lâcher prise et perdre ainsi un matériel précieux qui lui servait depuis la nuit des temps.

Il se relevait, ahuri, haletant, lorsque quelque chose le glaça plus encore : sa main était tachée de sang !

Même s'il ne l'avouerait jamais, Gibous hurla comme un loup.

Il y avait du sang séché sur toutes les pierres environnantes et même encore, si on y enfonçait les doigts, une goutte de sang frais dans le creux d'une plus grosse, du sang encore bien vivant !

Sans perdre un instant, Gibous se harnacha en vitesse puis il reprit son chemin à l'envers comme si le diable lui courait derrière. Il ne calma son pauvre cœur que lorsqu'il fut loin, mais sa cervelle, elle, tournait en rond autour d'un mystère effrayant : « Qui c'est donc ce mort et qui est-ce qui l'a foutu là ? »

En atteignant la plaine, donc la civilisation, Gibous

s'interrogea plus sérieusement. A qui allait-il dire la nouvelle ?

« Voilà bien une question, songeait-il, qui peut sembler superflue à première vue mais qui, à bien y regarder, est de grande importance. Il faut y penser avant, après il est trop tard. Quand les langues se sont mises en marche, elles disent n'importe quoi ! »

S'il ne préparait pas bien son affaire, s'il ne choisissait pas bien son moment et son confident, sûr que certains le regarderaient par en dessous et lui demanderaient ce qu'il fichait, comme par hasard, au puits du Plan... Et pour quoi y faire ?... Et patati et patata. D'ici à lui faire porter le chapeau, il n'y avait pas loin !

De réflexions en supputations, Gibous prit la direction du village en se disant qu'il choisirait son confident une fois parvenu là-haut.

Il n'avait encore rien décidé de ce qu'il allait dire quand il arriva, bidon sur l'épaule, en vue d'Amédée la Fine Cèpe qui passait aux Quatre Chemins de Callian. Vé, le ciel était clément, il lui offrait la bonne personne au bon moment. Sans être rancunier, Gibous ne pardonnait pas à celui-là de lui avoir soufflé sous le nez la maison de Donatien.

— Bien le bonjour, Amédée ! lui cria-t-il de loin. Santa Madonna, putain d'Adèle, devine un peu ce que je viens de voir !

— Ma foi, je ne sais pas.

Il fallait bien tout dire et dans le bon ordre. Gibous marqua un temps et reprit l'affaire à son commencement :

— Figure-toi que ce matin, en me levant, j'ai trouvé mon puits vide. Plus une goutte, le Sahara !

— En voilà une drôle de nouvelle par exemple ! Sûr, il n'a pas plu depuis quatre mois...

— Tu dis vrai, je le sais bien, mais ce n'est que le commencement de mon histoire... Alors donc, comme mon puits était vide et que je n'aime pas l'eau du village, vu qu'elle sent le mort, j'ai mis mon bidon sur le dos et puis je suis parti, plan planet, jusqu'au Plan voir s'il n'y en aurait pas encore de la bonne dans le vieux puits qu'il y a là-bas... Vé, j'arrive, je défais mon attirail, je me mets à coucou comme les petits, je penche la tête et... Oh la la, tu ne vas pas me croire !

— Et quoi ?

— Il y a un mort au fond !

Amédée écarquilla les yeux, battit l'air de ses bras, puis enfin se laissa tomber sur un muret, tout hébété, comme saisi dans un bain de ciment.

— Hein ?

— Aussi sûr que je suis Gibous de Callian !

— Et qui c'est ?

— Bé, je ne suis pas descendu voir !

A présent, Amédée, livide, regardait les pointes de ses chaussures en psalmodiant :

— Boùdieu, boùdieu, quelle embrouille !...

— Faudrait aller le dire aux gendarmes... reprit Gibous. Mais vu tout le chemin que je viens de faire... J'en peux plus. Vas-y, toi !

— Et pourquoi moi ?

— Parce que je suis vieux et que je pourrais être ton père, parce que j'ai les jambes qui me rentrent dans le tronc et que c'est un service que je te demande...

— C'est que je n'ai pas que ça à faire...

Peu après, néanmoins, Amédée se détourna de sa route et prit le chemin de Montauroux en ronchonnant tandis que Gibous, plus alerte qu'il ne le disait, repartait vers le puits du Plan.

« Faudrait bien voir que je ne sois pas là quand les gendarmes arriveront... »

7

Il faisait une chaleur épouvantable ce dimanche d'août 1922, l'air tremblait au-dessus du restouble, il ne faisait pas bon sortir sans chapeau. Une poussière rouge venue tout droit d'Afrique salissait les pavés lorsque Amédée arriva au village, taillole dévissée et pantalon flottant. Le malheureux avait l'air bien en peine. Il se rendit d'abord à la mairie déserte, puis il tambourina en vain contre la porte de la maison du maire. Enfin, chose fort improbable et qui annonçait bien l'extraordinaire, lui qu'on appelait Amédée le rouge, lui, le plus solide pilier du Cercle républicain, osa entrer au Café de la Place, qui accueillait ce qu'il y avait de plus réactionnaire dans le village. A cette heure-là, les joueurs de manille étaient rares. Amédée se précipita vers le téléphone posé sur le zinc puis il s'arrêta, le combiné au bout du bras.

— Comment ça marche, ce machin-là ?

Fernand, le cafetier, s'approcha à pas lents et regarda Amédée par en dessous, soupçonnant une couillonnade.

— Pour quoi faire ?
— Pardi, pour parler à quelqu'un !
— A qui donc ?
— Aux gendarmes de Fayence !

Le visage décomposé d'Amédée n'attendrit pas Fernand.

— Et pourquoi que tu parlerais aux gendarmes ?

Même dans la plus grande détresse, il y a des aveux qui ne se font pas aux ennemis de toujours et Amédée resta coi.

— Appelle les gendarmes, nom de Dieu ! finit-il par hurler en levant le poing au-dessus du comptoir.

Impavide, le cafetier plissa ses yeux et ricana :

— Si tu veux appeler les gendarmes, va, va dehors et gueule bien fort, peut-être bien qu'ils t'entendront, eh, couillon !

Voyant qu'il n'arriverait pas à ses fins, Amédée se mit en quête du garde champêtre – en quelque sorte, le représentant de la loi.

A midi, il y avait foule autour du puits où s'était déroulé le drame. L'endroit, pourtant, était enchanteur. Il n'existait pas de plus jolie campagne que celle-là, sauvage, touffue, percée des seules traces des sangliers. Les cigales en folie agaçaient les tympans. Les pins et les chênes se régalaient de soleil, les cistes languissants enroulaient leurs feuilles comme pour se protéger de la chaleur étouffante.

Tous ceux qui n'avaient rien d'urgent étaient déjà

accourus et piétinaient autour du puits sanglant. Gibous ne cessait de justifier sa présence :

— C'est à cette pute de chaleur qu'en revient la faute, maugréait-il en tournant en rond. Mon puits a tant séché, tant que, pardi, j'en ai vu le fond ! Il m'a bien fallu alors venir ici prendre de quoi boire...

— Et pourquoi pas à la fontaine ?

— Elle a le goût des morts.

Les gens rigolaient. La manie de Gibous était célèbre.

Cela faisait dix fois qu'il répétait la même histoire.

— Qui ça peut bien être ? murmurait-on.

— Il n'y a qu'à le sortir de là !

— Jamais de la vie ! Il faut attendre les gendarmes !

— Attendons de voir...

Les gendarmes arrivèrent enfin, au complet, au petit trot de leurs chevaux brossés du matin. Amédée n'était plus abattu, il menait son monde à la baguette. Il tempêta pour écarter la foule et faire place aux représentants de la loi. N'était-ce pas lui qui avait annoncé la nouvelle ? Encore lui qui avait appelé la gendarmerie ? Il tenait donc, en quelque sorte, le premier rôle dans cette histoire.

— Laissez faire ces messieurs ! bramait-il pour se donner de l'importance.

Puis il empoigna le bras du brigadier Machavoine, commandant la gendarmerie de Fayence, qui descendait de son cheval.

— Vé, vé, les traces de sang ! Vé, vé, le mort il est là.

Il désignait d'un doigt agité le puits entouré de broussailles.

— Nom de pas Dieu, c'est bien vrai qu'il y a quelqu'un au fond... dit le brigadier en se relevant.

Il frotta ses mains l'une contre l'autre.

— Ça ne va pas être facile de le sortir de là !

La demie d'une heure sonnait lorsque, avec force cordes et échelles, on ramena le corps, qu'on traîna sur l'herbe.

Quand on put enfin le reconnaître, un frisson de surprise parcourut la foule.

— Oh...

C'était Eugène, le mari de Giuseppina.

— Tron de Dieu, dit l'un.

— *Semblo uno magnan creba* [1], dit pensivement une femme.

Gibous, penché vers la dépouille, bras écartés, ressemblait à une statue de marbre. Il se redressa cependant, ses yeux fouillèrent la foule puis ils se plantèrent férocement dans une autre paire d'yeux, papillotante celle-là. Personne ne surprit l'échange de regards.

1. « On dirait un ver crevé. »

Le silence revint un instant, puis on entendit quelqu'un glousser :

— J'en connais une qui va être contente !

Tous les regards se tournèrent vers le vieil homme qui venait de laisser entendre sa voix.

Ce fut le premier témoin que le brigadier interrogea.

8

On arrivait à la bastide du Grand Chêne par un chemin qui venait de la plaine et s'élevait en biais tout le long du coteau, laissant derrière lui le cabanon de Gibous et le muret sur lequel celui-ci aimait s'asseoir. Le désordre de rocs et de rochers qui jadis entourait la ferme était devenu une accorte rocaille fleurie de romarins et de lauriers-roses. C'était Giuseppina qui l'avait voulu ainsi en souvenir d'une magnifique maison de là-bas, celle d'un duc de Calabre dont son père parlait avec émotion en insistant sur la beauté du jardin où les fleurs s'emmêlaient à la pierraille. Elle l'avait réalisée elle-même, sans demander aide ni conseils, comme si elle accouchait enfin, en secret, d'un fantasme capital. Cela avait été sa seule folie en devenant la maîtresse du Grand Chêne. Elle n'était pas fière, seulement fidèle aux attendrissements de l'enfance.

Au centre de la cour, un chêne magnifique donnait son nom à la ferme.

La vieille bastide avait gardé son escalier extérieur

qui montait le long de la façade pour s'arrêter à une loggia couverte de tuiles romaines sous laquelle on faisait sécher les figues et les raisins de Corinthe. La bastide était en outre flanquée d'une tour fort ancienne, vestige d'anciennes peurs et d'invasions réelles, dans laquelle nichait, à présent, une nuée de pigeons.

On entrait par une porte épaisse dans la salle qui, naguère, servait de remise pour les outils et d'écurie pour les chèvres et les mulets. Eugène en avait fait une magnifique cuisine, peu haute mais longue et large, à l'extrémité de laquelle, luxe notoire, il avait fait bâtir un escalier intérieur. Ainsi enclavé entre quatre murailles épaisses, l'espace était parfaitement paisible et beau. L'âtre accueillant d'une cheminée pavée de rouge-brun occupait la totalité du mur le plus court et voisinait avec le potager blanchi à la chaux sur lequel Giuseppina préparait ses bonnes pâtes. Un évier de pierre lisse, un tamisadou finement ouvragé, la mastre surmontée d'une panetière où la maîtresse de maison conservait ses provisions, l'armoire d'angle, l'escudelié, l'estanié et une commode pleine de linge se succédaient contre le mur le plus long. La vaste table rectangulaire occupait le milieu de la salle tandis que le reste de l'espace était réservé au maître de maison : râtelier pour les fusils et patère pour le carnier, la veste de velours et la cartouchière. Le vieil Eugène avait pensé à tout. En avait-il sans doute rêvé de sa maison familiale à la fois préservée et mise au goût du jour ! L'ensemble était parfait, la lumière parcimonieuse mais douce qui venait des deux petites fenêtres garantissait, l'été, une éternelle fraîcheur et, l'hiver, une chaleur constante, deux choses qui se payaient par la pénombre. La chambre principale ouvrait sur la terrasse et, comme toutes les autres, elle possédait son lit à colonnes, son armoire, sa commode et son coffre en peau de chèvre. Enfin, une salle d'eau flanquée d'une tinette donnait à la maison d'Eugène une étonnante modernité.

Jean, ses deux mulets, ses quatre chèvres, ses charrues, ses faux et ses serpettes logeaient dans l'ancienne bergerie, un autre bâtiment construit en retrait et séparé de la maison des maîtres par un long buisson.

Sans même prendre le temps de se restaurer, les gendarmes se présentèrent au Grand Chêne au tout début de l'après-midi. La chaleur était infernale.

La moisson avait commencé depuis une semaine et tous les moissonneurs étaient en train de manger dans la grande salle lorsqu'on entendit des bruits de sabots et le hennissement d'un cheval. C'était la pause de midi, Jean et les ouvriers et ouvrières qu'Eugène avait embauchés se restauraient, éparpillés dans la fraîcheur. La moisson reprendrait quand le soleil, un peu descendu, atténuerait la brûlure de ses rayons.

Assise en bout de table, Giuseppina nourrissait son enfant et ce fut Jean du Casteloun qui ouvrit la porte.

« Le bougre est déjà comme chez lui », pensa le brigadier tout en saluant réglementairement.

— Je viens vous apprendre une mauvaise nouvelle.

— Je sais, murmura Giuseppina. On a retrouvé Eugène au fond du puits du Plan. La voisine est déjà venue me le dire. Elle a couru plus vite que vos chevaux.

Elle tenait un mouchoir roulé en boule dans le creux de sa paume mais elle ne pleurait pas.

— Vous a-t-on dit qu'il a reçu un bon Dieu de coup de serpette par-derrière qui l'a presque coupé en deux ?

Giuseppina ferma un instant les yeux.

— Ça change quoi... souffla-t-elle.

Elle semblait triste mais sans plus. Son calme surprit le gendarme.

— Vous n'avez donc pas de peine ?

— Je ne veux pas pleurer devant mon fils, ça le ferait pleurer de me voir.

Jean déposait des verres sur la table puis il mit la cafetière sur le fourneau.

— Ce sont les hommes qui servent ici ? s'étonna à mi-voix un gendarme.

— Je suis au service de ma patronne, répondit Jean.

Machavoine lui lança un regard méprisant.

Giuseppina semblait fragile dans sa petite robe fleurie protégée par un épais tablier de toile. La poudre des moissons recouvrait encore la peau de ses bras. Son visage rond et rose ne reflétait qu'un ahurissement total. Le petit garçon noiraud qui était assis sur ses genoux souriait aux gendarmes.

L'interrogatoire commença bientôt :

— Qu'avez-vous fait hier ?

— Je liais les gerbes avec les autres, répondit Giuseppina en désignant du menton les deux lieuses assises près de la panetière.

— Et toi, que faisais-tu ? aboya le gendarme en direction de Jean.

— Je moissonnais aussi.

— Et monsieur Marcou, que faisait-il ?

— Six heures sonnaient à l'église quand nous sommes tous descendus jusqu'aux restanques où il y a le blé. Pendant qu'on fauchait, monsieur Marcou a bavardé un instant avec Odilon, notre voisin, qui passait dans le chemin. Quand je me suis arrêté pour aiguiser ma faux, il n'était plus là.

— Où donc est-il parti ?

— Il me l'a pas dit.

Le gendarme se retourna vers Giuseppina.

— Et vous, qu'avez-vous vu ?

— Quand on lie, on est pliée en deux vers la gerbe, on ne voit rien d'autre.

— Ensuite, qu'avez-vous fait ?

— Lorsqu'il a fait trop sombre, les ouvriers sont rentrés chez eux ; moi, je suis remontée ici avec ma mère, Jean et le petit. Pendant que je faisais téter mon petit, ma mère a fait réchauffer la soupe. Ma mère et Jean ont mangé et puis ils sont allés dormir. Moi, j'ai attendu que mon mari revienne.

Son visage se crispa.

— J'ai attendu loin, loin… La nuit noire est longue à venir. Mon mari n'est pas revenu… Je suis restée là… *coum'aco…*

Elle fit mine de dormir, la tête posée sur ses bras pliés en corbeille sur la table.

— ... pour être là et lui réchauffer la soupe...

— Vous n'avez pas alerté vos voisins ?

— Pour quoi leur dire ? Je me disais toujours qu'Eugène s'était attardé quelque part mais qu'il allait revenir bientôt. Il n'aurait pas voulu que j'aille dire n'importe quoi à n'importe qui.

A cet instant, Florentina descendit l'escalier. Elle n'était plus qu'une pauvre femme fatiguée, l'échine cassée en deux par les travaux de toute une vie. Le brigadier ne lui laissa pas le temps de s'asseoir :

— Vous confirmez que votre fille n'est pas ressortie de toute la nuit ?

— Laissez ma mère tranquille, plaida Giuseppina.

— Répondez, dit le brigadier.

Mais si elle avait le dos à angle droit, la vieille Florentina n'avait pas perdu l'esprit ; elle éleva le menton pour énoncer clairement :

— Ma fille n'est pas ressortie. Je ne dormais pas, je l'ai entendue tourner et virer dans la cuisine toute la nuit. De mon lit, j'entends tout ce qui se passe. Au matin, quand le petit s'est mis à pleurer, elle est montée le lever. Ensuite, elle l'a débarbouillé... dans la salle de toilette, ajouta-t-elle avec une pointe de fierté. Après, elle est partie rejoindre les autres qui moissonnaient depuis le petit jour.

La vieille désigna du menton les lieuses, qui se tenaient coites. Machavoine voulut résumer la situation :

— Monsieur Marcou a donc disparu hier vers six

heures et demie et personne ne l'a vu depuis. Personne ne sait où il s'est rendu ?

Ouvrières et ouvriers secouèrent la tête. Machavoine laissa passer un instant de réflexion, un silence pesant s'abattit sur la cuisine du Grand Chêne. Il n'était pas question de faire un geste qui pourrait attirer l'attention.

— Où est-il à présent ? demanda pourtant Giuseppina.

— On l'a emmené à la morgue de Draguignan.

— Je voudrais le voir.

— On vous le rendra quand tout sera fini.

Leur café bu, les ouvriers et les ouvrières sortirent dormir à l'ombre. Le brigadier les suivit et les interrogea l'un après l'autre. Ensuite, il revint à la bastide et demanda à voir où l'on serrait les outils. Jean l'accompagna vers la remise et le regarda inspecter les lieux. Les deux plus jeunes gendarmes se saisirent de deux serpettes qu'ils déposèrent dans les sacoches pendues aux bâts des chevaux. Ensuite, ils regardèrent de près le plancher des charrettes ; enfin, ils houspillèrent rudement Jean avant de le coller dos contre le mur.

— Allez, raconte-nous ta soirée, tout ce qui s'est passé avant ou après la soupe, allons, parle !

— J'en avais plein les bras et je suis venu me coucher. Je devais reprendre à l'aube, il me fallait dormir !

— Tu mens, tu le sais bien. Je vais te le dire, moi, ce qui s'est passé : le vieux est revenu, il t'a trouvé en train de bécoter sa femme, alors vous vous êtes disputés, battus, et puis tu l'as tué ! Ensuite tu l'as chargé dans une charrette et tu es parti le jeter dans le puits. Voilà la vérité !

— Non, ce n'est pas vrai, le maître n'était pas rentré quand je suis allé me coucher, je le jure.

— Dis voir, elle t'a aidé à le charger dans la charrette ?

— Je vous dis que le maître n'est jamais revenu ici. Je ne l'ai pas tué !

— Si c'est pas toi, qui ce serait alors ?

— Bé, je ne sais pas...

— Et l'enfant, c'est le tien, pas vrai ? Tout le monde le dit.

— Non, c'est celui d'Eugène. C'est pourquoi il a marié Giuseppina.

Les gendarmes agacés cherchèrent encore, bousculant toute la remise, la preuve matérielle qui leur manquait pour clore définitivement l'affaire. Tout en mettant l'endroit sens dessus dessous, ils parlementaient :

— C'est lui, on l'emmène ? insistait le plus jeune, pressé de rentrer à la caserne.

— Il faudrait emmener aussi la femme. Sûr qu'ils sont de mèche, tout le monde dit qu'ils sont amants.

Bien qu'il fût quasiment sûr de son fait, le brigadier hésitait encore, c'était un homme pointilleux et honnête. Son enquête avait à peine commencé, il ne voulait pas avoir l'air de bâcler son travail. Il voulait se donner le temps de réfléchir et d'interroger d'autres personnes parmi les plus importantes, le maire, le curé, le maître d'école... Son rapport devait être complet et parfaite sa conclusion.

— Vous deux, vous allez rester ici et surveiller les amoureux. Moi, je m'en vais voir le maire et d'autres encore, puis j'irai à la gendarmerie faire signer les dépositions.

Lorsque les gendarmes revinrent vers la bastide en poussant rudement Jean devant eux, les yeux de Giuseppina flamboyèrent un instant puis ils se firent sombres.

— Vous voulez un peu de daube ? leur demanda-t-elle pourtant aimablement. Sûr que vous n'avez pas mangé...

Elle désignait de la main une daubière de laquelle montait un délicieux fumet ; au coin du fourneau, une grosse assiettée de polenta attendait. Bien qu'il eût très faim, le brigadier refusa, il ne pouvait festoyer en compagnie de présumés coupables. Il s'en alla en laissant deux gendarmes surveiller les jeunes gens.

— Ne les perdez pas de l'œil, ou gare !

Quand il eut disparu, un gendarme sortit soulager sa vessie tandis que l'autre prenait soin des chevaux. Giuseppina glissa rapidement vers la chaise sur laquelle Jean était assis, elle se pencha vers son oreille et murmura :

— J'ai bien vu les mauvaises pensées luire méchamment dans leurs yeux.

— Laisse faire, laisse dire, on ne peut pas empêcher les mauvaises pensées de venir.

— Comment leur expliquer pour le petit...

— Surtout, ne dis rien, ils ne te croiront pas.

Giuseppina regarda au loin, dans le vague. Si elle avait su ce qui l'attendait la nuit où elle était allée prendre conseil auprès de son père...

— Dors un peu, dit-elle tout en pressant la main sur son épaule, juste à l'endroit où le muscle s'arrondit fortement.

Ce geste apaisa Jean, qui tremblait encore d'avoir été malmené. Il posa sa tête sur ses bras et ferma les yeux. Allait-il pouvoir s'alléger aussitôt et planer au-dessus du monde, aujourd'hui comme autrefois ?

— Quel four ! dit le premier gendarme en revenant de la cour.

Jean ne l'entendit point, il était déjà parti loin des choses vulgaires, loin du vieil Eugène et des gendarmes têtus. Tout en glissant sur l'air glacé, il se disait que, bientôt, il chanterait à la bravade de la Saint-Barthélemy, et cette belle espérance arrivait juste à point pour l'élever plus haut encore, quasiment dans les cieux. Un gendarme le secoua.

— Lève-toi de là.

— Laissez-le dormir, intervint Giuseppina, il s'est levé avant le soleil et il a encore tant à faire jusqu'à la nuit...

Les gendarmes se regardèrent et clignèrent de l'œil. La petite femelle défendait son mâle.

Pour eux, l'affaire était entendue.

9

Vers six heures, lorsque le soleil se fit un peu moins audacieux, Giuseppina expliqua aux gendarmes qu'il leur fallait aller moissonner encore :

— Imaginez qu'un orage arrive... Il nous faut finir le travail et recouvrir les gerbiers. Vous n'avez qu'à nous accompagner... Allez, on ne se sauvera pas !

Giuseppina mit son enfant dans un drap qu'elle noua sur sa poitrine, exactement comme, naguère, faisait sa mère pour l'emmener aux champs. Elle voulut éveiller Jean, qui dormait encore.

— Jean ? murmura-t-elle.

Elle avait hâte de voir la couleur de ses yeux.

Jean tressaillit mais, à cet instant, un grand coup de poing donné sur la porte fit se retourner Giuseppina. Deux hommes piétinaient dans la cour.

— Auguste Blanc, du *Provençal*, annonça d'une voix tonitruante le plus imposant des deux. Je viens me renseigner sur le meurtre.

— Moi de même, dit l'autre, je suis Gilbert Faucher, de *La Marseillaise*.

Leurs chemises collaient à leurs poitrines mouillées de sueur, ils profitèrent de leur salut pour soulever leur canotier et s'éponger le front. Ils espéraient sans doute pouvoir se réfugier dans la bonne fraîcheur de la cuisine et furent bien déçus lorsque Giuseppina et les autres les repoussèrent vers la cour.

Alors, ils parlementèrent un moment avec les gendarmes tout en observant les suspects du coin de l'œil. Jean, Giuseppina et Florentina, muets et pâles, se tenaient un peu à l'écart. Ils n'en croyaient pas leurs yeux. S'il s'étaient attendus à voir arriver les gendarmes, jamais ils n'avaient pensé, bien à tort, que l'affaire attirerait aussitôt l'attention de la presse locale.

Les ouvriers moissonneurs et les lieuses bavardaient et riaient quand la maîtresse des lieux, sa mère et le valet de ferme arrivèrent sur la bonne berge, suivis de près par les journalistes et les gendarmes sur leurs montures.

A leur vue, tous se turent et reprirent en main la gerbe ou la faux.

Giuseppina tremblait lorsqu'elle installa son fils et sa mère sur le drap à l'ombre d'un vieux chêne. Elle tremblait encore quand elle rejoignit les autres femmes. Elle s'en voulait de n'avoir pas pensé aux journaux ; à vrai dire, elle n'avait eu de temps pour rien, sinon celui de s'étonner qu'on les soupçonne au point de les mettre sous surveillance. Se sachant innocente, elle ne s'inquiétait pas encore. Le vrai coupable ne tarderait pas à se trahir et les choses redeviendraient comme avant...

Les journaux étaient une autre affaire et, d'angoisse, elle eut soudain envie de vomir son repas.

Tout en serrant les gerbes d'un coup de poignet exemplaire, elle surveillait Jean, qui fauchait devant elle.

« Sûr que ceux-là vont lui mettre l'affaire sur le dos et qu'ils vont l'écrire en grosses lettres sur la première page... » Elle imagina le village tout entier en train de la lire et son ventre se creusa.

Elle se sentait maladroite, les fétus ne lui obéissaient plus ; pour la première fois de sa vie, ses doigts lui faisaient mal, impossible de les dégourdir et de les commander comme elle le faisait si bien la veille encore.

Chaque fois qu'elle rapportait une brassée de gerbes vers le gerbier, Giuseppina jetait des petits regards rapides et soucieux vers Jean du Casteloun, qui avançait en balançant sa faux. Elle aurait tout donné pour lui parler encore. Elle aurait aimé aussi le faire disparaître, le soulever de terre et l'extraire de devant les yeux de ces deux escrivassiers de malheur. Alors, en bataillant avec ses liens de paille, elle se disait tout bas ce qu'elle lui aurait dit tout haut. Des mots tendres de tourterelle et des mots puissants comme les cris d'un blaireau. Elle s'imaginait aussi prendre sa grande main entre ses deux petites mains, petites mais vigoureuses. La force n'est pas seulement une question de largeur de paume.

Le temps passait mais Giuseppina tremblait

toujours. Chaque fois qu'elle levait les yeux, elle défaillait à la vue de ces deux hommes qui foulaient nonchalamment l'herbe des berges en l'examinant d'un regard froid, comme à la foire on soupèse la valeur d'une chevrette.

Les gendarmes, allongés sous un arbre, mordillaient des brins de paille. Plus tard, l'un sembla s'assoupir, l'autre croqua des grains de blé crus.

A présent, assis sur un muret, calepin sur les genoux, les journalistes écrivaient.

« Y a-t-il tant à dire ? ragea Giuseppina. Ils ne sont là que pour dire de mauvaises choses ! »

Ça, elle le savait bien depuis qu'elle lisait le journal qu'Eugène achetait au village.

Elle avait beau faire, elle se sentait saisie par une crampe atroce et bouleversée d'appréhension. La honte, le déshonneur, choses que son père lui avait toujours appris à redouter plus que la misère, allaient s'abattre sur elle par la faute de ces deux hommes qui ne comprenaient rien à rien. Perdre son honneur était bien la pire des choses, celle qu'elle ne supporterait pas.

A cet instant, Jean prit sa pierre à aiguiser dans sa poche et, pour ce faire, il se tourna brièvement vers elle, son regard la happa. Elle le vit défiguré et blême malgré la chaleur et les longues heures passées sous le soleil. Le regard qu'il lui lança lui pourfendit le cœur. Un regard d'homme vaincu, un regard d'homme à bout d'espoir.

Une brusque bouffée de chaleur enserra sa gorge et Giuseppina se sentit à nouveau défaillir. S'il tremblait autant qu'elle, qu'allaient-ils devenir ? Trouveraient-ils la force de cacher longtemps leur secret ?

Quand elle releva la tête, Jean ne la regardait plus, il avait fini d'aiguiser sa faux. Elle reprit précipitamment son ouvrage, les bouquets d'épis s'accumulaient, lorsque, tout à coup, une diabolique pensée lui traversa l'esprit et la laissa pantoise.

L'aurait-il fait là-bas, dans la remise, alors qu'elle sommeillait dans la cuisine ?

Elle se détesta aussitôt d'avoir eu cette idée et cracha bien vite au sol, comme pour s'en expurger complètement. Enfin, elle se signa et fit une rapide prière à la Madone.

« Je vous demande pardon, bonne mère... Voyez-vous, pour être capable d'imaginer une telle abomination, sûr que je deviens folle. »

Elle secoua ses épaules et se courba à nouveau, persuadée de s'être trompée. Mais, tout au fond d'elle-même, elle n'en était pas si sûre. Elle se méfiait de la colère des hommes. Dieu seul sait ce qu'ils sont capables de faire quand leur fierté les cabre, quand le vif des mots se gonfle et que leur raison se brouille de rancœur et de venin.

Jean était un être doux, certes, mais il n'aimait pas le vieil Eugène, il lui disait souvent : « C'est un fourbe. »

Elle s'arrêta de lier pour rattraper la fuite de ses cheveux, puis elle réajusta son chapeau de paille sur son chignon. Elle vit les reporters interroger une lieuse et elle se remit à trembler. Les gendarmes ne cherchaient que des preuves, les journalistes, eux, cherchaient de quoi noircir leur papier.

Pardi, s'ils montaient au village, ils seraient servis sans peine. Les mauvaises langues allaient avoir la partie belle :

— Voilà bien longtemps qu'elle se meurt d'amour pour Jean du Casteloun...

— ... et lui pour elle.

— Pas étonnant, ça devait arriver...

Voilà ce qu'on dirait. De là à écrire que, peut-être bien, ils auraient pu combiner toute l'affaire, le mariage et, ensuite, l'assassinat...

Fatalité... le Calabrais n'était plus là pour dire la vérité à tout le monde. Lui, on l'aurait cru. Elle, on ne la croirait pas...

Elle se tenait droite, glacée sous le soleil. Une crampe froide et douloureuse paralysait ses reins.

« Il faut que je lie, pensait-elle, ces mange-merde me regardent... »

Mais son corps ne lui obéissait plus, elle demeura droite, les bras ballants, figée. La rage ne parvenait pas à l'emporter sur la panique, un flot de pensées folles l'empêchait de bien réfléchir.

Dans son innocence, se disait-elle, elle s'était conduite d'une façon absurde. Certes, elle en voulait furieusement à Eugène de l'avoir obligée à l'épouser, elle ne l'aimait guère, le dire serait mentir... mais elle aurait dû quand même faire semblant de le pleurer, crier, sangloter un peu. Faire comme faisait sa mère, qui se répandait en larmes torrentueuses et en cris dès que quelqu'un mourait. Et surtout, elle aurait dû s'enfermer dans sa chambre au lieu de descendre ici se donner en spectacle et mettre ses beaux seins, ses bras et ses jambes nues sous les yeux de ces hommes, ces *bati béu* [1] qui ne connaissaient rien aux moissons ni à la dureté du soleil, à la poussière qui entre dans la gorge, à la sueur qui coule dans les yeux, à l'orage qui menace de tout pourrir en un instant.

A ceux-là qui ne peuvent imaginer combien le dos souffre, combien la tête tourne, combien vite la paille écorche les doigts et combien longtemps, pour une misère, il faut se « lever la peau »...

Se doutaient-ils seulement de tout cela, ces *bédigas* [2] de Nice ou de Toulon ?

N'allaient-ils pas plutôt la couvrir de honte en disant des mensonges sans savoir le pourquoi et le comment des choses ?

Sans savoir comment la fatalité malmène. Sans hésiter à salir l'honneur d'une femme qui pourtant s'en souciait plus que de tout au monde...

Giuseppina laissa échapper un sanglot.

Les gendarmes se redressèrent et, bras sur les genoux, ils contemplèrent la scène qui se passait devant leurs yeux. Les lieuses immobiles, les bouquets d'épis étalés sur le sol, et, appuyés sur leur faux, les moissonneurs étonnés qui essuyaient leur front mouillé en regardant, ébahis, Giuseppina pleurer.

1. Fanfarons, donneurs de leçons.
2. Imbéciles.

Jean du Casteloun laissa tomber sa faux.

— Qu'est-ce que tu as ?

Giuseppina se reprit aussitôt :

— Allez, ça va ! cria-t-elle bien fort. A force de tant lier, j'ai eu le vire-vire.

Les faux reprirent leur balancement, les échines des lieuses ployèrent à nouveau.

A huit heures enfin, le soleil passa derrière les monts de Castellane et cessa d'assommer les crânes sous les chapeaux, et Jean s'en alla boire à la gargoulette qui pendait à un olivier. Lorsqu'il regarda vers elle, le châtain de ses yeux se fit plus doux.

Plus tard encore, lorsqu'ils ne virent plus leurs pieds, les moissonneurs déposèrent leur outil contre le muret, lavèrent leur peau à grande eau et renfilèrent leur chemise blanche.

C'est alors que Jean se mit à chanter une vieille chanson qui commençait ainsi :

Darrié la mar e li montagno,
Quand s'es amoussa lou souleù,
Sus lou mounde, oumbrun e magnagno
Venon lèu...
Senso amour la vido es cruèlo,
La vida es uno longo niue.
Urous aqueù qu'à per estello
Dous béu iue[1] *!...*

1. « Derrière la mer et la montagne,/ Quand s'est éteint le soleil,/ Sur le monde, ombres et soucis/ Viennent vite.../ Sans amour la vie est

Lorsqu'un peu plus tard Giuseppina et Jean revinrent au Grand Chêne entre les deux gendarmes et que les ouvriers et les ouvrières s'éparpillèrent dans les chemins qui conduisaient chez eux, les journalistes se précipitèrent derrière ceux-là et les rejoignirent bientôt.

Giuseppina ne s'était pas trompée, les langues allaient se déchaîner et, dans une heure à peine, son sanglot, éclaté comme un aveu, allait courir les rues, grimper les berges plus vite qu'une bouffée de mistral, cogner aux fenêtres et se glisser sous les rideaux.

Giuseppina et Jean avaient d'ores et déjà perdu leur honneur ; leur vie durant, la salissure du soupçon les suivrait partout.

---

cruelle,/ La vie est une longue nuit./ Heureux celui qui a pour étoile/ Deux beaux yeux » (*Lis Estello,* Théodore Aubanel).

10

Le brigadier Pierre Machavoine, homme sérieux et compétent, avait été nommé à la tête de la gendarmerie de Fayence l'année précédente. C'était une promotion enviable pour ce natif de la Bigorre, alors seulement âgé de trente-cinq ans. Ses parents possédaient une ferme dans les environs de Tarbes et il n'ignorait rien de l'esprit de corps mais aussi de l'esprit de guerre qui règnent dans les campagnes.

« Il faut savoir écouter les uns et savoir faire parler les autres », disait-il souvent.

Le crime du puits du Plan représentait sa première affaire d'importance. Il savait déjà que, l'après-midi même, venus de Nice et de Toulon, des journalistes étaient accourus au puits du Plan puis à la ferme du Grand Chêne et qu'ils ne tarderaient pas à lui demander des informations, sinon des conclusions. Machavoine en était conscient : de la solidité de ses réponses dépendrait sa réputation.

Dès le lendemain, la préfecture s'agiterait, demanderait le dénouement rapide de l'enquête, et son supérieur de Draguignan le sommerait de rendre au plus tôt un rapport de circonstances, s'il n'exigeait pas immédiatement un coupable.

Lorsque le soir arriva, Pierre Machavoine n'avait pas perdu son temps. Il avait enregistré les dépositions de trente personnes et, à présent, il lui restait toute la nuit pour les étudier : il en ressortirait bien une évidence. Il s'installa derrière son bureau et déplia une carte de la région. Il souligna d'un coup de crayon bleu les quatre villages perchés sur leurs éperons comme des bastions veillant sur la plaine, puis, d'un cercle rouge, il entoura le puits du Plan perdu dans les mamelons boisés, ainsi que la ferme du Grand Chêne à la limite des communes de Montauroux et de Callian. Ensuite, il mit du vert sur toutes les routes et tous les chemins qui partaient de chez Eugène ainsi que sur ceux qui convergeaient vers le Plan. Pour se rendre de la maison de la victime au puits fatal, qu'on fasse la route à pied ou en charrette, on devait parcourir cinq bons kilomètres.

Que diable le vieil Eugène serait-il allé faire, de bon gré, dans cet endroit perdu ?

Pierre Machavoine prit sa plume et inscrivit : « La victime a été assassinée puis transportée au puits du Plan, probablement dans un charreton. » De cela, il était certain, restait le plus important, le mobile du crime et le nom du meurtrier.

Machavoine relut alors les dépositions d'Amédée et d'Odilon, les voisins d'Eugène.

Amédée était le gavot qui était descendu de sa montagne pour participer à la vente aux enchères du

Casteloun. Il l'avait emporté grâce, disait-il, à une belle somme que lui avait laissée son oncle. C'était un homme fruste, un homme de la rude montagne, qui aboyait des réponses facilement grossières. Outre de sa maison extraordinaire, Machavoine se souvenait de ses yeux chassieux.

Sa déposition concordait avec toutes les autres :

— Le chemin que vous avez pris est à moi, à moi seul, il traverse mes berges de haut en bas. Je sais bien qu'autrefois, du temps de Donatien, tout le monde y passait... Mais moi, je ne laisse passer personne, surtout pas l'Eugène, qui fait le fier avec son argent. De toutes les manières, la pente y est trop mauvaise, goï comme il était, il ne serait pas allé bien loin, il se traînait comme une limace.

— Il est peut-être venu vous voir ? Vos berges et les siennes se font suite, il n'avait qu'à en suivre une ?

— Pas de danger qu'il vienne me voir, je l'avais dans le nez... Et pour quoi me dire, s'il vous plaît ? Y a bien longtemps qu'on ne se parlait plus.

— Vous vous êtes disputés ?

— Jamais... chacun chez soi, c'est tout !

— Alors, vous jurez que vous ne l'avez pas vu hier entre six et sept heures du soir ?

— Bien sûr que je le jure. Ma femme tricotait sous l'olivier, je nettoyais le poulailler et les petites jouaient à la balançoire.

Il désigna du doigt une corde pendue à une branche.

— On y est restés juqu'à la nuit noire, si l'Eugène était passé par là, on l'aurait vu.

— Avez-vous vu quelqu'un d'autre se rendre chez Eugène ?

— Par ici, il passe personne… mais par en bas, qui veut.

La femme d'Amédée, paisible et fragile, avait opiné de la tête sans lever les yeux de son tricot. Amédée avait pris une voix terrible pour demander à ses filles :

— Pas vrai, petites, que personne n'est passé par le chemin hier au soir ?

— Non, papa, avaient répondu en chœur les fillettes.

Amédée, satisfait, avait envoyé sa fumée de cigarette au visage de Machavoine.

— Vous vous entendiez bien avec madame Marcou ?

— Chacun chez soi.

— C'est-à-dire ?

— C'est-à-dire ce que dit l'article *noù : chascun fa ce que voù* [1] !

— Et vous, madame, vous parliez avec madame Marcou ?

D'un geste preste, Amédée avait fait taire sa femme pour répondre à sa place :

— Elles ne se fréquentaient pas.

— Que pensez-vous de Jean ?

— Une bestiasse qui n'aurait jamais dû se placer là. Deux poulets pour une poulette, ça fait une bataille de coqs.

— Vous les avez vus se disputer ou se battre ?

1. « Neuf : chacun fait ce qu'il veut ».

— Ça me regarde pas.

Le brigadier insista :

— Eugène ne vous aimait pas... Ce ne serait donc pas trahir que de me dire...

Un éclair passa dans les yeux d'Amédée.

— Lui chez lui, moi chez moi, répéta-t-il.

Il cracha et conclut :

— Celui que vous cherchez n'est pas passé par ici.

Avant de partir, Machavoine avait examiné le plancher du charreton d'Amédée et n'y avait trouvé que de la poussière d'herbe et de paille coupée.

Odilon, l'autre voisin, était un homme plus doux. Il se voulait aimable et de bonne volonté :

— C'est vrai que j'ai vu l'Eugène, nous avons parlé ensemble un petit moment. Ensuite, je l'ai salué et puis je l'ai laissé avec les autres qui moissonnaient.

— Qu'a-t-il fait alors ?

— Ce qu'il a fait, j'en sais rien. Moi, j'ai passé le muret et, hop, je suis revenu chez moi. Le travail m'attendait, il me fallait passer le grain... Mais, si Eugène était descendu ou monté par ce chemin, je l'aurais vu, sûrement. D'où je me tenais, on voit tout ce qui se passe.

— Vous n'avez pas vu de rôdeur, quelqu'un qui n'avait rien à faire par ici ?

— *Degun*[1].

1. « Personne. »

— Vous connaissiez bien Eugène ?

— C'était un bon voisin, parfois il venait boire un coup.

— Il vous parlait de Giuseppina ?

— Il disait que c'était une brave petite, une travailleuse.

— Que disait-il de Jean ?

— Pas grand-chose. Il en était content. Il racontait souvent qu'il ne l'avait engueulé qu'une seule fois. C'était un jour où Jean rentrait le foin dans la feinière. Il avait presque fini quand un grand mistral s'était levé. A chaque fois qu'il levait sa fourchée bien pleine, une bouffarde de vent emportait toute l'herbe loin, loin… Si bien que Jean s'est pris d'une colère de fin du monde. Il est entré dans la feinière et, avec sa fourche, il a tout foutu dehors en bramant : « Té, salaud, puisque tu veux mon herbe, prends-la, prends-la, fan de pute, et emporte-la avec toi et ne reviens plus ! » Eugène avait gueulé mais il rigolait en se souvenant.

— Pourtant, il ne riait pas volontiers, intervint la femme d'Odilon. Je peux vous le dire maintenant, il n'était pas franc du collier, on ne savait jamais ce qu'il pensait.

Odilon avait haussé les épaules en signe de dérision envers cet avis de femme.

— Et vous, madame, que pensez-vous de Jean ?

— Un grand couillon qui aurait dû se placer autre part.

— Pourquoi ?

— Parce que… Je sais pas, moi… Il était malheureux, il aimait trop la Giuseppina…

— Les avez-vous vus ensemble ? Vous comprenez… s'embrasser par exemple.

— C'est pas le genre de la petite, jeta Odilon.

— Il aurait peut-être bien voulu mais sans doute qu'elle ne voulait pas, reprit sa femme. Té, elle avait fait un beau mariage… mais ça n'empêche pas les sentiments. Allez savoir ce qui se passe chez les autres quand on n'y est pas ?

— On dit que l'enfant serait celui de Jean.

Odilon frappa du poing sur la table.

— Qu'est-ce que c'est que ces couillonnades ? Eugène adorait le petit, il lui faisait risette. L'aurait-il fait s'il avait été celui d'un autre ?

— Mon mari et moi, nous sommes son parrain et sa marraine. C'est Eugène qui l'a voulu comme ça. Il s'appelle Camille, comme son grand-père, le père d'Eugène que j'ai bien connu…

Les serpettes et le charreton d'Odilon étaient très propres, grattés et lavés à grande eau. Quand le brigadier examina le plancher de la charrette, Odilon rigola :

— Vous cherchez des traces de sang ?

— Et pourquoi pas ?

— Si j'avais transporté un homme ou un cochon égorgé, moi, j'aurais mis un drap pour pas tout dégueulasser !

Machavoine n'avait pas pensé à cette éventualité et son moral tomba encore d'un cran.

En conclusion de toutes les autres dépositions qu'il lut ensuite, Machavoine fut obligé d'admettre qu'Eugène avait été vu pour la dernière fois sur la plus basse de ses berges en compagnie de son ami Odilon. Personne ne l'avait aperçu depuis, aucun de ses voisins, aucune des lavandières qui vont et viennent parfois loin de chez elles, aucun des nombreux hommes qui travaillaient dans les champs. S'il n'était pas revenu au Grand Chêne, il s'était volatilisé, tout bonnement. Il était alors six ou sept heures du soir. A ce moment-là, la campagne regorgeait de moissonneurs et de lieuses en pleine besogne, des milliers de paires d'yeux dont aucune n'avait aperçu Eugène Marcou.

Pierre Machavoine en vint alors à la déposition de Gibous, qui habitait au pied du coteau, juste en dessous du Grand Chêne. Le seul chemin carrossable par lequel Eugène aurait pu partir en carriole ou en char à banc séparait leurs deux campagnes et passait donc devant chez Gibous. Machavoine avait trouvé celui-ci en train de fumer sa pipe, assis précisément sur le muret d'où il surveillait journellement les environs.

Le vieux l'avait vu venir de loin.

— Bonjour, grand-père, avait dit Pierre aimablement.

— Bonjour, petit.

Puis il l'avait longuement examiné avec des yeux satisfaits.

— Je vous attendais. Vous venez donc me cuisiner comme une caille pour savoir si, par hasard, j'aurais pas zigouillé l'Eugène... Eh bé, non, c'est pas moi... Mais, attendez un peu, je m'en vais vous dire ce que je sais...

Et Gibous avait raconté comment il avait vu une lumière cahotant dans les broussailles.

— C'était un charreton, j'en mets ma main au feu. C'est pas un bon renseignement, ça ?

— Bien sûr... Mais, vous qui savez tout, à ce qu'on dit, que pensez-vous de toute cette histoire ?

— Que l'assassin aurait dû aller le foutre ailleurs que dans un puits dont l'eau est si bonne. A présent, elle aussi va sentir le macchabée...

Et Gibous s'était empressé de reparler de l'eau de la fontaine qui traversait le cimetière avant d'arriver au village.

— On dit que c'est l'eau de Siagne, mais ce n'est pas vrai. Celle-là, en vérité, baigne les pieds des morts avant d'arriver jusqu'aux pauvres de nous. Pensez un peu...

Lassé, Machavoine l'interrompit :

— Avez-vous vu monsieur Marcou, hier soir ?

— Bien sûr que je l'ai vu.

Gibous leva sa canne en direction du petit mamelon qui, telle une coulée de magma pétrifié, soutenait la superbe éminence sur laquelle se trouve Montauroux.

— Vé, regardez bien. D'ici on voit tout ce qui se passe à Gours d'Olives comme à Bigarel.

De là où ils se tenaient, effectivement, on voyait nettement toutes les berges qui s'étageaient sur chaque versant du coteau. Le vieil homme fit remonter sa canne jusqu'à son sommet boisé puis il l'abaissa verticalement comme pour tracer une frontière.

— Mais le chemin d'Amédée ne fait pas la limite entre les deux communes, il se trouve tout entier chez lui, ses berges sont d'un côté et de l'autre.... Ce qui fait que quand on prend ce chemin, qui est un fameux raccourci, on passe chez lui... ce qui lui permet d'emmerder tout le monde et surtout les pauvres qui vont à pied.

Gibous souriait aux anges. Machavoine eut l'impression que le bossu disait n'importe quoi pour le bercer.

— Et alors ?

— D'un côté, c'est Montauroux, de l'autre, c'est Callian... D'un côté les boudrians, de l'autre les choucatouns...

Et comme Machavoine s'étonnait :

— Eh oui, il faut savoir ce qui se dit ici : les choucatouns ont toujours une chopine sous la table et les boudrians pataugent dans la crotte...

— C'est-à-dire ?

— Ça veut dire que ceux de Callian et ceux de Montauroux ne s'aiment pas, et ça, depuis bien longtemps. Ils ont toujours une bonne raison pour se lancer des pierres et se dire des injures.

Gibous sembla abandonner son idée et haussa les épaules. Il téta longuement sa pipe et reprit d'un ton plus sérieux :

— Hier, on commençait à moissonner chez Eugène, ça se terminait chez Odilon. Je peux vous dire qu'il y avait du monde là-haut... Depuis ce banc, j'ai bien reconnu l'Eugène, vu qu'il va toujours avec sa canne. Il clopinait en dessous de ses arbres.

— Vous n'avez vu personne d'autre, quelqu'un qui n'aurait rien eu à faire par ici ?

— Non. Mais cette sainte-nitouche de Giuseppina a été la première à remonter vers la bastide.

Pierre Machavoine dressa l'oreille, c'était la première fois que quelqu'un critiquait clairement la jeune femme.

— Pourquoi « sainte-nitouche » ?

— Pour rien.

— Expliquez-vous !

— Y a rien à expliquer, y a qu'à regarder dans les lits et compter les pieds qui dépassent.

Il rit grassement.

— Vous avez un charreton, un âne ?

— Ni charreton, ni âne, ni mulet, rien qu'une chèvre.

— Eugène s'entendait bien avec ses voisins ?

— Comme les doigts de la main.

— Ce n'est pas ce qu'on m'a dit.

— Chacun dit ce qu'il veut.

— Il n'y avait pas de dispute entre eux, des histoires de martelière soulevée en douce pour détourner l'eau ? Une histoire de borne mal placée, un droit de passage avec lequel on n'est pas d'accord ?

— Pas que je sache.

— Que pensez-vous de Jean ?

— Qué Jean ? demanda Gibous. Par ici, j'en connais tout un moulon…

— Celui qui travaillait chez Eugène.

Gibous haussa sa bosse.

— Jean du Casteloun ? Un pistachier.

— Et de Giuseppina ?

— Une salope qui a su faire une bonne affaire.

— Pourquoi dites-vous ça ? Que vous ont-ils fait ?

— A moi, rien.

— A qui alors ?

— Oh, dites, vous m'emmerdez avec vos questions, despatouillez-vous sans moi et passez votre chemin !

Gibous s'était redressé avec vigueur puis il s'était dirigé vers la cabane qui lui servait de cabinet et dans laquelle il s'était enfermé.

La quatrième propriété qui jouxtait celle d'Eugène Marcou était située tout en haut du mamelon. Celle-ci n'était pas, comme partout ailleurs, constituée de belles berges bien tenues, ce n'était qu'un grand bois touffu dans lequel s'emmêlaient les pins, les chênes et les épines. Une maisonnette se nichait au fin fond de ce grand désordre et, seule, une vieille femme l'habitait. La rumeur publique la décrivait comme une presque barbare, comme une presque sorcière, comme la reine incontestée du braconnage aux collets, aux pièges et même au fusil, qu'elle maniait avec adresse. Elle s'appelait Philomène Virazelle. Grande, maigre, toujours vêtue de longues nippes sales, elle n'avait jamais été mariée. Mais il se disait que, dans sa jeunesse, Philomène avait été fort belle et qu'elle avait vécu à Nice une vie un tantinet débraillée.

Pour se rendre chez elle, Pierre Machavoine avait

dû remonter une fois encore le chemin d'Amédée. Il fallait savoir qu'une femme habitait ces lieux peuplés d'argéras et de genêts, seul un minuscule sentier y menait. A son début, un écriteau planté tout de guingois annonçait d'une écriture peu assurée : *L'oustau*. Cela suffisait.

Le brigadier avait emprunté le sentier en se régalant de la vue superbe qu'on y découvrait : à ses pieds, au-delà des berges d'oliviers, la plaine étalait ses vignes et ses rangées de rosiers. Juste devant lui, Callian s'enroulait autour de son château ; plus bas, la chapelle Saint-Donat surveillait l'ombre secrète du vallon de Mailla. D'où il était placé, il distinguait fort bien aussi la toiture de la bastide du Grand Chêne, le Casteloun d'Amédée ainsi que le petit mas d'Odilon perché à flanc de coteau.

Arrivé au bout du sentier, il avait découvert sans peine l'oustau annoncée. Philomène l'attendait, semblait-il, assise à quelques mètres de sa porte, entourée de trois chiens, d'autant de chats, de deux chèvres et d'une nuée de volatiles dont deux canards au plumage mordoré. Les deux mains sur son ventre, le dos bien droit, le regard lointain, sa longue jupe étalée tout autour d'elle, elle avait quelque chose de majestueux, le port d'une reine au milieu de ses sujets.

Elle ne s'était pas levée lorsque, un sourire bienveillant aux lèvres, il s'était approché.

— Madame Virazelle ?

— Mademoiselle Philomène, avait-elle aussitôt rectifié.

— Je suis le brigadier Machavoine, j'enquête sur les circonstances qui entourent la mort d'Eugène Marcou. Je viens voir si vous avez vu quelqu'un aller et venir dans les environs.

Sans se départir de sa posture princière, Philomène avait gardé son regard lointain, mais une soudaine âpreté avait fait se durcir ses yeux.

— Eugène est mort ? Vous m'en apprenez de belles...

Sa voix était sarcastique mais, cependant, elle semblait ailleurs, préoccupée par autre chose que par la présence du brigadier. Pierre Machavoine lui avait alors raconté patiemment le crime puis il avait exigé des précisions.

— Auriez-vous aperçu monsieur Marcou hier soir, après six heures ?

Elle haussa ses maigres épaules puis elle tendit le doigt vers les broussailles impénétrables qui entouraient sa maison.

— Je ne vois jamais rien de ce qui se passe et je ne vais guère sur le chemin de peur de rencontrer cette bestiasse d'Amédée qui emmerde tout le monde.

— Donc, vous n'avez vu personne aller ou venir, ni entendu les bruits d'une dispute ?

Philomène ne lui avait pas répondu. Elle qui, jusqu'ici, lui prêtait distraitement l'oreille sembla l'oublier d'un seul coup. Comme en proie à une grande souffrance soudaine, elle avait subitement fermé les yeux, plié son corps, appuyé ses mains sur le tablier qui recouvrait son ventre et était devenue rubiconde. Machavoine, sidéré, inquiet, avait craint de la voir s'évanouir lorsqu'elle s'était brusquement détendue et avait affiché une mine satisfaite, pareille à celle des statues des bienheureuses que l'on voit dans les églises. Le brigadier, furieux, avait cru qu'elle se moquait de lui.

— Répondez-moi ! avait-il aboyé méchamment.

— Fan des pieds ! Foutez-moi la paix ! Vous ne voyez donc pas que je suis en train de caguer !

Cela dit, elle s'était dressée de son trône qui n'était en réalité qu'une grosse jarre à demi enfoncée dans la terre. Jarre qui, aussitôt libérée de sa chape de fesses et de jupons, avait laissé échapper une odeur pestilentielle. Alors, toujours aussi sereine et sans se presser plus que de raison, Philomène avait saisi une planche avec laquelle elle avait obturé le large goulot. S'anéantirent aussitôt les effluves puants.

Elle fit face à Machavoine tout en réajustant les plis de sa jupe.

— Que voulez-vous savoir de plus ?

Hormis quelques remarques sans intérêt, les autres dépositions parlaient toutes des moissons qui occupaient beaucoup de monde. Les femmes soulignaient qu'Eugène était un personnage à part.

« On n'a jamais su ce qu'il avait dans le crâne… Il parlait pas beaucoup… »

Pour les uns, c'était un sauvage, un timide. Pour les autres, c'était un personnage énigmatique.

« On n'a jamais su ce qu'il fabriquait à Marseille, ni comment il a gagné tant d'argent… »

Machavoine s'était renseigné aussitôt auprès de ses collègues de Marseille. Eugène avait fait fortune en achetant du vin en tonneaux pour le revendre en bouteilles. Certes, il avait le sens du commerce, mais aucune affaire louche n'avait jamais entaché sa carrière de négociant.

Par contre, les autres confidences revenaient toutes sur le même fait incompréhensible : pourquoi le vieil Eugène, s'il avait dans l'idée d'engrosser et d'épouser Giuseppina, avait-il mis dans sa maison un jeune homme dont tout le monde savait qu'il en était amoureux depuis toujours ?

« Il y a de ça quelques années, Jean faisait danser la Giuseppina. »

« Ils se voyaient aux cueillettes, aux moissons... Ils s'embrassaient sous les oliviers. »

« On disait qu'ils allaient se marier au printemps... »

« A-t-on idée de prendre une jeunette pour servante et pour maîtresse et, dans le même temps, de garder à son service son amoureux ? »

Presque tous terminaient ainsi :

« Té. C'était sûr que ça finirait mal ! »

Il n'y avait pas forcément de méchanceté dans ces paroles, souvent de l'étonnement, parfois un peu de ressentiment, mais tous laissaient entendre plus ou moins clairement que, dans cette affaire, Eugène avait joué le rôle du démon.

11

Pierre Machavoine relut ses notes pour la troisième fois puis il referma le dossier. Même s'il lui fallait attendre les conclusions de l'autopsie pour en savoir plus, sa conviction était déjà faite : Eugène ne s'était pas éloigné du Grand Chêne, personne n'était venu lui rendre visite. Le crime n'avait donc pu être commis que par un habitué des lieux.

Il ne faut jamais négliger d'écouter la rumeur pour trouver les raisons d'un meurtre. Et la rumeur unanime désignait l'amour contrarié du valet et de la servante devenue, contre toute attente, la patronne de son amoureux.

A minuit, lorsque le brigadier voulut quitter la gendarmerie pour rentrer chez lui, les deux journalistes l'attendaient. Machavoine leur exposa tout d'abord bien posément les circonstances du drame puis, sous les questions bien ajustées qu'on lui fit, il tenta de ne pas perdre pied, s'obligea à rester sur sa réserve et prit soin de ne pas précipiter ses conclusions.

— C'est donc Jean, l'assassin ?

— Je ne le sais pas encore.

— Tout l'accuse pourtant !

— Peut-être, mais l'enquête n'est pas finie... Je n'ai encore aucune preuve. Il faut attendre la fin des investigations...

Pierre Machavoine crut avoir bien formulé ses doutes et son attente, mais les journalistes n'entendirent pas la fin de sa phrase. Satisfaits du « peut-être », pressés de rédiger leur papier, ils laissèrent aller leur imagination.

Le lendemain, lorsque Machavoine déplia le journal, il se sentit fort mal à l'aise.

DRAME PASSIONNEL À CALLIAN ? titrait le premier journal.

LES AMANTS DE CALLIAN SONT-ILS LES ASSASSINS DU MARCHAND DE VINS ? se demandait l'autre.

Ensuite, avec force conditionnel et points d'interrogation, les deux journaux expliquaient les événements tels qu'ils avaient dû se passer, probablement. La logique des faits remplaçait les preuves, manquantes. Jean était décrit comme une sorte de brute silencieuse et stupide qui maniait la faux – donc, la serpette – avec une effroyable dextérité. Giuseppina devenait une hétaïre bucolique dont le corps pulpeux et impudique était capable de faire se damner tous les paysans provençaux.

Après avoir lu les deux articles, Pierre Machavoine envoya valdinguer les journaux à travers son bureau.

Sa matinée fut entièrement occupée par la relecture et la signature des dernières dépositions. Vers midi, le brigadier croyait en avoir fini quand Gustave Tallent, le maire de Callian, lui téléphona, furieux :

— Qu'est-ce que c'est que ces couillonnades ?

Machavoine se défendit en accusant les journalistes :

— Qu'est-ce que vous voulez que j'y fasse ? Vous leur dites « peut-être », ils écrivent « sûrement » !

— Eh bé, pétard de sort, il vaudrait mieux pour vous que ce soit « sûrement » !

Avec Antoine Bonnet, le maire de Montauroux, ce fut une autre histoire. Charron de son état et fort en gueule, celui-là était un homme difficile à calmer. A peine descendu tout essoufflé de sa bicyclette, il prit le parti d'entrer dans une colère tonitruante, qui fit s'ouvrir toutes les fenêtres des environs.

— C'est tout ce que vous avez trouvé comme assassin ? Jean ? Je vous ai pourtant dit hier que je connaissais ce petit depuis toujours, un bon petit, un travailleur ! Mais, nom de Dieu, vous avez les cheveux qui pèguent à la cervelle ! Serrez bien vos côtes, il se pourrait que je vous les redresse avant longtemps !

En s'en allant, il avait désigné d'un pouce retourné la porte de la gendarmerie.

— Qu'est-ce qui nous a foutu ce repaire de boumians ?

Lorsque, dans la soirée, Machavoine partit pour le Grand Chêne, il était de fort mauvaise humeur. L'adjudant-chef s'était ému des articles parus dans la presse et exigeait des preuves et des éclaircissements :

— Pour l'édition de demain, entendez-vous !

Le brigadier était donc bien décidé à conclure cette affaire au plus vite. Il avait beau être un honnête homme, étant donné qu'il ne savait pas où chercher un autre coupable et un autre mobile, pris à la gorge comme il était, il ne pouvait s'empêcher d'espérer secrètement que la suite de l'enquête donnât raison aux journaux.

Il sauta du haut de son cheval et traversa la cour en faisant claquer ses bottes sur les cailloux.

— Je m'en vais les bousculer un peu. Rien de tel pour obtenir des aveux.

Cela faisait deux heures pleines que Jean et Giuseppina, immobiles et blêmes, se tenaient, inoccupés, à chaque extrémité de la longue table de la cuisine. Entre eux deux, les jeunes gendarmes tuaient le temps en faisant une partie de rami. Les journaux du matin s'étalaient sur le pétrin. D'un pied nerveux, Florentina activait le berceau à bascule.

Machavoine entra, salua réglementairement puis se planta au beau milieu de la pièce, à mi-chemin des deux jeunes gens.

— Etes-vous amants ? leur demanda-t-il d'une voix terrible.

Le front de Giuseppina s'empourpra, elle siffla avec rage :

— A quoi bon le demander puisque c'est déjà dans le journal ?

Tandis que Jean, livide, murmurait :

— Ce qu'ils disent est dégueulasse.

— Ils n'ont rien inventé, tout le monde le dit, susurra Machavoine.

Il se rapprocha de Jean.

— Vous deviez vous marier et Eugène t'a soufflé ta belle. C'est pas vrai, ça ?

Il se retourna et désigna le lit à bascule :

— On dit même que celui-là est ton petit !

Son affirmation tomba dans un grand silence. Silence seulement troublé par la litanie d'insultes que Florentina murmurait dans sa langue maternelle, paroles fielleuses et insultantes que le brigadier fit semblant de ne pas entendre. Il se planta à califourchon sur une chaise, face à Jean, qui aussitôt se troubla et se leva.

— Puisque tu sembles ne pas comprendre, je m'en vais tout t'expliquer : personne n'est venu ici et monsieur Marcou n'est pas parti, ça c'est sûr. Tous les témoignages des voisins concordent. Or donc, d'homme capable d'assommer Marcou à coups de serpette, je n'en vois qu'un, toi. Dis-moi un peu, nom d'une pipe, si ce n'est pas toi, qui c'est ?

Jean ne répondit pas mais, comme pris de faiblesse, il se laissa glisser doucement sur sa chaise. Ses mains tremblaient.

Le brigadier se plut à prendre cette défaillance pour

un aveu, aveu que la honte seule empêchait d'être formulé avec des mots. Il ne lui restait donc qu'à malmener encore le jeune homme jusqu'à ce que, sa vergogne s'effritant, cet aveu soit dit clairement. Pour se laisser le temps de réfléchir, il mit ses mains à son ceinturon. Cette cuisine moelleuse et paisible n'était pas le meilleur endroit pour un interrogatoire efficace. Les amoureux s'y sentaient en sécurité et, plus encore, ils se fortifiaient l'un l'autre à l'aide de petits clins d'œil en biais. Il lui fallait les séparer sans attendre afin de les cuisiner l'un après l'autre, en particulier, dans un lieu propre à les rendre plus fragiles. Affaiblis par le dénuement et la solitude, ils ne tarderaient pas à se contredire et peut-être même à se trahir l'un l'autre. Dans une affaire semblable, on lutte avec les armes dont on dispose. Dans une bouffée d'optimisme, Machavoine se sentit certain de gagner la partie.

Il repoussa sa chaise et dit :

— Allez zou, on les emmène. Une fois en cabane, ils seront plus bavards.

Sitôt dit, sitôt fait, les gendarmes se saisirent des malheureux jeunes gens.

— Et mon petit ? protesta Giuseppina.

— Votre mère s'en occupera. On emmène aussi le charreton, le laboratoire l'examinera de plus près.

Se souvenant de ce qu'avait dit Odilon, il envoya ses gendarmes dans la remise.

— Prenez tout ce que vous trouverez qui aurait pu servir à envelopper le corps, les sacs, les draps des cueillettes et même les bouts de chiffon.

Le soir tombait quand les villageois abasourdis virent passer un pathétique cortège. Le brigadier caracolait en tête, les deux autres gendarmes fermaient la marche. Entre eux, le valet du Grand Chêne tirait sur les brancards du charreton dans lequel Giuseppina était assise, la honte au front.

12

Le brigadier Machavoine rassembla d'un geste sec les papiers officiels qu'il avait devant lui pour les remettre dans le dossier Marcou. Il s'agissait des résultats d'analyses et d'expertises, et puis aussi de la copie du testament d'Eugène. Cette dernière pièce l'avait rendu optimiste : Eugène faisait de son fils Camille son légataire universel en abandonnant l'usufruit de ses biens à Giuseppina jusqu'à la majorité de celui-ci. Rien de plus normal, certes, mais le codicille qui complétait le testament était plus surprenant. Eugène réservait cent mille francs à l'intention de Jean, argent déposé dans un coffre d'une banque de Toulon. Cette largesse inattendue de la part d'un maître pour son valet corroborait parfaitement les convictions de Machavoine, elle n'était rien de moins que la preuve de la culpabilité de Jean.

Le médecin légiste restait très vague en ce qui concernait l'heure du décès : entre neuf et onze heures du soir... Par contre, confirmant la déposition de Gibous, il assurait que l'homme avait été immergé après avoir été tué, aux environs d'une heure du matin. L'autopsie révélait qu'Eugène était mort l'estomac plein d'anisette et d'olives. Il était donc rentré chez lui ou bien il avait rendu visite à un ami. Il est rare qu'on boive le pastis et qu'on croque des olives en compagnie d'un malfaisant.

Machavoine penchait vers la première hypothèse. Sinon, il y avait un voisin qui mentait.

La deuxième partie de l'expertise du médecin légiste lui donnait encore raison. L'unique coup de serpette avait été donné avec une rare violence et de haut en bas, donc par un homme vigoureux et dépassant le mètre soixante-quinze, disaient les conclusions. Jean était vigoureux et de bonne taille, jeune et très capable d'une telle force.

Le plancher du charreton ne révélait pas la moindre trace de sang, pas plus que les draps et les chiffons. Machavoine en conclut que Jean avait dû jeter dans les broussailles l'étoffe dans laquelle il avait enroulé le corps avant de le transporter jusqu'au puits du Plan.

Les outils ne révélaient aucune trace suspecte, hormis les multiples empreintes de ceux qui s'en servaient.

Les deux jeunes gens furent mis en détention provisoire, pour complément d'enquête, chacun dans une cellule de la gendarmerie de Fayence. Une fois abandonnés à eux-mêmes, isolés, ils ne tarderaient pas à avouer. Le brigadier le savait bien, il faut d'abord déraciner un arbre et l'emmener loin de sa forêt avant de pouvoir en faire du bon papier.

Lors de son premier interrogatoire, Giuseppina

s'empressa de répondre avec application. Elle jura qu'elle n'avait rien vu ni rien fait puis elle supplia :

— Laissez-moi rentrer chez moi pour faire téter mon petit. Pensez un peu, il n'a que dix mois !

— Ta mère s'en occupe.

— Ma mère est trop vieille, elle n'a pas de lait, plus de force, elle n'y arrivera jamais.

— Vé, si tu veux retourner chez toi, raconte-nous d'abord ce qui s'est passé. Jean a tué, pas vrai ?

— Mais non ! Il n'a rien fait, je le jure ! Laissez-moi revoir mon Camille, s'il vous plaît !

La détresse de Giuseppina ne parvint pas à attendrir ces hommes bourrus, qui, tentés de ne voir en elle qu'une mauvaise femme infidèle et cupide, se montrèrent sans pitié. Ils la reconduisirent dans sa geôle sans ménagement, sans lui épargner des réflexions douteuses et des familiarités.

Jean, lui, endura mille morts. Peu importait qu'il répétât sans cesse qu'il était innocent de tout et qu'il soutînt qu'il n'était pas l'amant de Giuseppina. Les gendarmes n'y croyaient pas :

— Où vous mettiez-vous pour faire vos saloperies : dans la remise, dans les granges, dans la chambre du vieux, peut-être ?

— Tu savais qu'il te laissait des sous, alors tu l'as tué…

— Je ne le savais pas !

Machavoine utilisa alors une manœuvre vieille comme le monde. Au cours de l'interrogatoire du lendemain, il affirma :

— Inutile de nier, Giuseppina a avoué que vous étiez amants.

Jean devint livide mais il balbutia pourtant :

— Si elle vous a déclaré cela, c'est qu'elle a menti... Pauvre femme...

Cela dit, il décida de ne plus prononcer un mot.

Ni les gifles ni les coups de botte dans les tibias ne parvinrent à le faire sortir de l'état de prostration dans lequel il s'était réfugié. Sous les avalanches d'injures et de questions, il ne pouvait s'empêcher d'imaginer Giuseppina confrontée aux mêmes tortures, violentée peut-être, et cela lui donnait la force herculéenne nécessaire pour supporter ce traitement injuste.

« Tant qu'ils s'énervent sur ma tête, elle se repose », pensait-il.

Le soir venu, même en fermant les yeux, même en serrant les poings, il ne réussissait plus à se détacher de sa paillasse pour s'envoler au-dessus des restanques. Quand il n'en pouvait plus de se débattre à ras du sol, comme une pierre qui tombe et se fige dans l'argile, il succombait à un sommeil imbécile.

De jour, d'attente las, il chantonnait derrière ses barreaux une chanson triste que sa tante de Saint-Paul fredonnait souvent aux veillées. C'était elle qui l'avait inventée tout entière, elle qui ne savait écrire ni les lettres ni les notes de musique. Ce n'étaient que les quelques phrases humbles qui lui venaient à l'esprit lorsqu'elle pensait à la guerre et à ceux qui n'en étaient jamais revenus :

Jean du Casteloun

Quand lou souléu brilhènt ecla
Se lévo sus lou mount eila,
Nautre eici pensan déjà
A vàutrei toùti[1]...

Parce qu'il était de langue d'oc lui aussi, Machavoine comprenait ces mots simples qui s'en venaient l'atteindre jusqu'à son bureau. Troublé, bien malgré lui, il n'osa pas ordonner qu'on fasse taire le prisonnier.

1. « Quand le soleil en son éclat/ Se lève sur le mont là-bas,/ Tous ici nous pensons déjà/ A vous les nôtres... »

13

Lorsque Florentina avait vu sa fille partir entre deux gendarmes, elle s'était laissée tomber à genoux si rudement que, par la faute de son dos cassé, sa tête avait violemment heurté le sol carrelé. Une grande chaleur avait alors envahi sa poitrine puis ses mains s'étaient mises à trembler.

Quand elle avait repris ses esprits, elles s'agitaient encore, comme déboussolées, comme rendues folles par une émotion trop grande qui les aurait déglinguées.

Florentina avait compris très vite que si, pour l'instant, le petit dormait dans son berceau, dans une heure ou deux, il réclamerait à manger. Il n'y avait pas de temps à perdre. L'échine pliée en deux mais soutenue par la même fureur que celle qui l'avait jetée au sol, elle s'était traînée jusqu'à une chaise, s'était redressée à grand-peine puis elle était allée traire la chèvre à l'aide de ses pauvres doigts énervés. Lorsque le petit s'était réveillé, elle avait aspiré un peu de lait à l'aide d'une paille puis elle l'avait fait glisser dans la bouche de l'enfant qui n'avait jamais fait que téter. C'était ainsi que, jadis, en Calabre, sa mère nourrissait les chevreaux orphelins du troupeau.

Quand la nuit noire était enfin venue, de peur de le laisser tomber, Florentina n'avait pas osé prendre l'enfant dans ses bras pour se hisser avec lui dans l'escalier. Elle l'avait alors mis par terre, sur ses quatre membres, puis elle l'avait guidé et poussé de la main, de marche en marche, jusqu'au premier.

— Allez, va, petit... Grimpe.

Arrivée dans la chambre, elle l'avait couché contre elle pour la nuit.

Ce matin-là, Florentina tentait toujours, en vain, de faire cesser les tremblements de ses doigts. Une main enserrant l'autre, elle se désespérait. Elle ne savait pas pourquoi cette partie d'elle-même s'était mise à vibrer, ainsi, comme si l'émotion qu'elle avait eue, ne pouvant s'échapper de son corps, se réfugiait ici. Elle ne les commandait plus, elle n'en faisait plus rien ; à présent, seule la rage les gouvernait. Vé, c'était vrai qu'elle bouillait de colère, d'une colère folle qui ne savait que bondir et rebondir dans son corps trop faible pour lui résister. Elle était incapable de se raisonner. L'épouvantable silence de la cuisine du Grand Chêne la faisait frissonner.

Elle en voulait à la terre entière, à cette terre égoïste et cruelle qui continuait de tourner alors que sa fille était injustement accusée. Accusée à la place d'un autre qui, au jour d'aujourd'hui, devait bien rigoler.

Si elle l'avait connu, celui-là, elle serait allée l'étriper, elle l'aurait coupé en deux puis débarrassé de son cœur et de son foie qu'elle aurait donnés à manger au gros porc de la soue. Elle en était sûre, ses mains, alors, auraient cessé de trembler. Réunissant toutes ses forces et usant de toute sa ruse, elle avait réussi à décrocher un fusil du râtelier, l'avait chargé et le tenait prêt.

« *Si quaucun aberta aquesta porte*[1], je le tue. »

Ce matin-là, donc, parce que ses mains n'avaient pas plus de sagesse ni de vigueur que la veille, elle glissa son bras sous le corps du bébé, le souleva et le fit basculer sur le sol de la chambre. Incapable de le langer, elle le laissa se traîner à moitié nu et batailla seulement avec ses mains vibrantes pour lui laver les fesses et changer sa chemise.

Elle en était là quand on frappa à la porte de la bastide. Antoinette, la femme d'Odilon, s'inquiétait du sort de son filleul. Brave, elle venait prendre des nouvelles et proposer ses services. Sachant Florentina lente à se déplacer, elle entra sans attendre dans la cuisine.

— Peuchère... Quel malheur ! cria-t-elle à tue-tête. Je viens voir si vous avez besoin de quelque chose. Le petit va bien ?

Comme personne ne lui répondait, Antoinette monta l'escalier. Elle eut juste le temps d'apercevoir

1. « Si quelqu'un ouvre cette porte ».

Camille à moitié nu qui se traînait sur le sol et de murmurer : « Mon Dieu, pauvre... », que déjà, canne levée et corps soulevé, transportée par la fureur, Florentina volait vers l'escalier.

Antoinette s'était enfuie depuis belle lurette lorsque Florentina, pleine d'injures et de malédictions, termina sa course folle au milieu de la cour. Sa voix rocailleuse et tremblotante prit alors une ampleur extraordinaire, insoupçonnable pour une si maigre poitrine. Ses invectives résonnèrent d'une restanque à l'autre avant de se répandre sur les coteaux alentour.

Le soir même, Antoinette monta au village pour raconter son aventure.

— Je l'ai vu tout nu, disait-elle, nu comme le petit Jésus ! Il m'a fendu le cœur tant il pleurait ! Sûr qu'il crevait de faim, misère !

Aussitôt, comme pour se refaire une bonne conscience, on se lamenta en chœur sur le sort du malheureux :

— Pauvre pitchoun, il n'y est pour rien, peuchère...

— Sûr qu'il va attraper la mort...

— Sûr qu'il ne tète plus...

— Pauvre vieille, seule avec ce petit...

— Il faut faire quelque chose...

Et, de grognements en grondements, les langues se délièrent de tous côtés. L'histoire du bébé entraîna derrière elle l'histoire de Jean et aussi celle de

Giuseppina, qu'on avait emmenés, peuchère, sans bien savoir ce qu'ils avaient fait.

— Si les journaux le disent... protestaient les uns.

— Tout de même... doutaient les autres.

Et, plan-plan, les trois histoires mélangées s'en allèrent, de voix chuchotées en voix claires, sur la route qui conduit de Callian à Montauroux.

Il n'en fallait pas plus pour qu'à midi sonnant, se nourrissant du débat, la guerre reprît entre les deux villages ennemis.

A Callian, on disait que Jean n'était qu'un boudrian. Sûr qu'il avait tué.

A Montauroux, on disait qu'Eugène n'était qu'un empégué. Sûr que le coup de serpette sur le crâne, il l'avait bien cherché.

L'après-midi, un orage de fin du monde éclata au-dessus des deux villages, comme pour les rafraîchir. Le ciel craqua de toute part, la foudre tomba sur un chêne de la plaine. La pluie mêlée de grêle tomba à verse, cinglante, incessante, elle ruissela dans les rues et noya la terre assoiffée par quatre mois de canicule. Des grêlons trouèrent les feuilles de vigne et talèrent les grains de raisin presque mûrs. Leurs ravages occupèrent les uns et les autres, et on oublia bien vite Jean, Giuseppina et le petit Camille.

Dressée, figée au fond de sa chambre, Florentina surveillait l'enfant qui se traînait à terre en laissant couler sa salive. Elle qui avait tant travaillé durant sa vie entière, elle qui ne savait pas rester inoccupée, voilà qu'aujourd'hui elle ne pouvait même plus, se disait-elle, prendre soin d'un petit. Il lui fallait descendre dans la cuisine, se traîner jusqu'à la bergerie, traire la chèvre... Autant de tâches monstrueuses, impossibles...

Elle s'avança de deux pas puis s'arrêta brusquement devant l'image de la Madone, qu'elle avait mise en belle place sur sa commode en bois longuement lustré. Elle hésita un instant, l'œil froid, puis soudain, les mains dressées vers le ciel, elle se mit à hurler :

— Qu'est-ce que tu as fait de ma petite, hé, vilaine ! Tu t'en fous bien, face de rat, bonne à rien ! C'était bien la peine que je te supplie et que je t'invente des prières ! Une pour chaque jour, une pour chaque heure ! Vé, tu n'es qu'une fausseté, une diablesse, rien que la *putanas* du Bon Dieu !

Et, d'avoir tant crié, elle sentit sa tête devenir lourde comme une enclume. Elle avait déjà perdu conscience quand son corps s'affaissa au pied du lit défait.

Dès que l'orage s'en alla tonner ailleurs qu'à Montauroux, Maria Ugolini, une Italienne énergique qui logeait rue de la Fontaine, mit son fichu sur sa tête et se dirigea vers le chemin de Bigarel à pas pressés. Lorsque, tout échevelée par sa course, elle arriva en vue de la bastide, elle s'arrêta et posa ses poings sur ses hanches.

— Hé, Florentina, c'est moi, Maria Ugolini ! Pas la peine de prendre le fusil ! Ne te dérange pas, j'entre !

A la suite de quoi, méfiante néanmoins, elle tendit prudemment l'oreille. Personne ne lui répondit. Maria poussa la porte et entra dans la cuisine. Le fourneau était éteint, la lampe aussi. Elle monta au premier étage et poussa, au hasard, une porte mal fermée. La vieille femme était étendue sur le sol, ses mains ne tremblaient plus. En travers de son ventre, le bébé vagissait en suçant un morceau de pain rassis.

— Santa Maria...

Maria mit sa main sur le front sec et froid de Florentina puis elle prit l'enfant et s'enfuit.

Elle escalada le chemin en courant sans cesse et elle traversa le village en brandissant l'enfant au-dessus de sa tête comme un trophée remporté de haute lutte.

— Té, voilà l'enfant de Giuseppina, regardez un peu ce que vous avez fait, vous tous, avec vos menteries ! La *mama* Florentina est morte et le petit crève de faim, tout ça par votre faute ! Pauvre petit ange, ajouta-t-elle en le recouvrant de cris, de pleurs et de baisers.

Enfin, comme Camille hurlait, elle repoussa les commères et s'en alla le donner à sa propre fille, qui, justement, nourrissait le sien à son sein gonflé.

— Tiens, fais-le téter, c'est le petit de la pauvre Giuseppina.

Alerté par la rumeur, le maire de Montauroux intervint encore une fois et tapa si bien du poing sur la table que le lendemain, bien que toujours soupçonnée de complicité de meurtre, Giuseppina revint au Grand Chêne pour enterrer sa mère et nourrir son fils.

Au matin suivant, les cigales ne reprirent pas leur chant. L'été se finissait enfin, bientôt les nuits seraient plus longues. Allaient venir aussi les douces pluies d'automne, bientôt l'herbe reverdirait les restanques, le blé lèverait.

A la fête de la Saint-Barthélemy, on dansa, on s'amusa et, comme chaque année depuis des siècles, on brûla le traître, le duc d'Epernon, pour le punir une fois encore de ses forfaits.

Quand le bal s'ouvrit, ici et là, on entendit dire :

« Peuchère, cette fois, Jean du Casteloun ne viendra pas chanter. »

14

En revenant du cimetière où elle venait d'enterrer sa mère, Giuseppina ferma à clef la bastide du Grand Chêne puis elle s'en alla passer la nuit chez Maria avec son petit. Il était dit que, le lendemain, les gendarmes reviendraient la prendre pour la ramener dans sa cellule.

« Je te le garderai, lui avait dit Maria. Ma fille lui donnera de son lait sans peine, vé, avec tout ce qui lui vient, elle pourrait en nourrir six comme lui ! »

Après avoir réfléchi, la brave femme avait ajouté :

« Tu me feras un papier pour dire que tu me le laisses volontiers, sinon, tels que je les connais, tous ces mange-merde sont capables de venir me le prendre pour le mettre à l'assistance publique. »

Giuseppina ne savait guère comment écrire de si importantes choses, aussi l'instituteur était passé faire la lettre, à la suite de quoi elle l'avait soigneusement recopiée et aussi signée.

Giuseppina put alors consacrer son temps à songer à son propre sort et à celui de Jean. A chaque instant, des pensées atroces lui traversaient le crâne en laissant derrière elles de terrifiantes brûlures. La plus horrible d'entre elles était celle qui disait que Jean était coupable et qu'un beau jour on lui couperait la tête pour avoir assassiné Eugène Marcou.

Pour empêcher cela, pensait-elle, elle n'avait qu'à raconter la vérité. Mais la vérité qu'elle avait à dire était de celles qu'à coup sûr personne ne croirait. On la traiterait de folle, de menteuse, de sorcière, et peut-être bien qu'on lui enlèverait son petit. Dire la vérité ne servirait à rien. Jean, qui, en douce, lui avait demandé de se taire, avait raison : à quoi bon étaler leurs secrets si ce n'était que pour susciter incrédulité, moqueries et injures ?

Seul Eugène aurait pu les aider.

Le soleil était fort encore. Giuseppina allait et venait à l'ombre des mûriers tout en berçant son enfant d'un balancement convulsif. Elle se sentait devenir folle chaque fois que l'horloge de la mairie sonnait une heure de plus. Il lui fallait à tout prix trouver de l'aide avant la nuit. Quelqu'un à qui elle dirait la vérité, quelqu'un qui la croirait et l'aiderait.

Pas Maria ni Antoinette, qui, femmes comme elle, n'arriveraient pas à se faire entendre. Pas Odilon, ce cagobraille qui ne voulait se mêler de rien du tout.

« Qui de rien se mêle de rien se démêle », disait-il souvent.

Qui pourrait dans le même temps savoir l'entendre,

la croire et être capable de prendre sa défense contre le monde entier ?

Elle descendit dans le jardin et s'assit à l'ombre d'un lavandin bleu. Elle se revit aussitôt pitchounette, en train d'en cueillir des brins et de les mettre en bouquets pour les vendre sur le marché. Elle se revit aussi, grandette, en train de les tailler, et, femme, les glissant dans l'armoire pour parfumer les draps et les taies.

Comme ce lavandin, Jean avait toujours été près d'elle, même quand il était absent. Comment dire l'attachement du liseron pour le mur, l'attirance des bourgeons pour le soleil de février ? Cela avait commencé dès l'enfance, sur le chemin de Bigarel, à propos d'une histoire de maman disparue et d'une blessure au pied. Depuis, elle avait toujours eu la certitude de lui être promise, comme le vin l'est au choucatoun, aurait dit son père, qui ne buvait jamais. Pas un doute, pas une crainte ne l'avait tenue éveillée jusqu'à ce jour maudit où Eugène avait rendu visite au Calabrais.

« Je voudrais Giuseppina comme servante. Elle ne manquera jamais de rien, je lui donnerai cent francs...

— Voyez, je vais mourir, avait répondu son père. Mes filles aînées sont loin, loin... Il ne me reste que la petite. Il faut que celle-là reste avec sa mère qui ne peut guère plus travailler vu que son dos est plié en deux. Je ne peux pas vous la donner.

— Eh bien, si tu me donnes ta fille aujourd'hui, le moment venu, je prendrai aussi sa mère, avait dit

Eugène. Je te promets qu'elle restera chez moi jusqu'à la fin de sa vie. »

Le Calabrais avait ouvert de grands yeux.

« Vrai ? Vous prendriez aussi ma femme qui ne peut plus guère travailler et vous la nourririez à ne rien faire ?

— Parole d'homme. »

Le Calabrais s'était mis à pleurer.

« Vous êtes un brave, que Dieu vous bénisse... Va, vous ne le regretterez pas, ma femme ne restera pas les bras croisés, elle vous fera de la bonne cuisine, des ravioles et des pâtes comme vous n'en avez jamais mangé. Elle reprisera vos chaussettes, allumera le feu, Dieu garde, c'est une bonne femme... »

Eugène s'était en allé.

Le soir, au souper, le Calabrais avait dit à Florentina et à sa fille :

« Vé, maintenant, je peux mourir tranquille. Grâce à Eugène, vous ne manquerez jamais de rien, vous aurez toujours un toit et du manger... »

Le pauvre homme était heureux, il respirait mieux.

Il avait cru bien faire...

« Il a bien fait de mourir... » se dit Giuseppina alors qu'à la vérité, aujourd'hui plus que jamais, elle aurait aimé pouvoir se glisser sur ses genoux. Elle avait toujours été sa favorite, même s'il s'en défendait. Ses sœurs l'envoyaient plaider lorsqu'il s'agissait d'obtenir une permission : « Vas-y, si c'est toi qui le demandes, il dira oui ! »

A présent, l'aînée des filles du Calabrais était partie à Paris faire la bonne chez des petits-bourgeois de la rue de Clignancourt, elle ne donnait guère de ses nouvelles et ne jurait que par la ville. La deuxième, mariée à un pêcheur italien, vendait des poissons dans les rues de Naples, elle attendait son cinquième enfant et ne parlait pas de revenir ici. Ni l'une ni l'autre n'était accourue pour l'enterrement de leur mère ; le voyage coûtait trop cher, avait dit la Parisienne. « Hélas, mes enfants sont malades », avait dit la Napolitaine. En vérité, elles avaient dû avoir honte de revenir au village alors que leur petite sœur était accusée d'un crime...

De cette défection, reniement silencieux, Giuseppina avait été blessée à en mourir.

La honte... le mal que son père redoutait le plus.

« On ne meurt pas de faim, c'est pas vrai, il y a toujours une figue sur l'arbre pour te nourrir... Mais on meurt de honte, ça oui, il n'y a pas de remède pour guérir de cette maladie ! » disait-il.

Qu'aurait-il pensé de la honte infligée aux innocents qu'ils étaient ?

L'année précédente, à la même époque exactement, Giuseppina était grosse et se mariait avec Eugène.

« Le vieil Eugène », disait-on, parce qu'il boitait, mais il n'était pas si vieux... Certes, il n'était pas méchant, mais ceux qui affirmaient que c'était un sournois avaient bien raison. C'était un homme qui, comment dire... n'était pas celui qu'on croyait. Il ne cessait jamais de tromper son monde. Elle-même s'y était laissé prendre, comme Jean et comme tant d'autres qui ne le savaient pas encore et qui ne le reconnaîtraient jamais.

Qui était-il ? Difficile de le dire, elle-même s'y perdait... Alors comment faire comprendre aux autres ce qu'on ne peut pas expliquer ! Il n'était pas de ceux qui font les gentils alors qu'ils sont méchants comme des ânes rouges. Pas plus il n'était avare et faisait le généreux, pas plus il ne faisait le doux alors qu'il était hargneux...

Giuseppina réussit enfin à expliquer ce qu'elle ressentait :

« Il était triste et faisait semblant d'être gai. »

Il buvait plus qu'un honnête homme, cela était vrai, mais il ne buvait pas comme les choucatouns qui traînent au café. Il buvait, les yeux dans le vague – et de s'en souvenir alors qu'elle-même était dans le malheur, Giuseppina comprit qu'Eugène devait être malheureux. Malheureux de quoi ? Il avait tout ce qu'on pouvait rêver de posséder.

Eugène n'était pas celui qu'on croyait. Le clamer ne servirait à rien, personne ne l'admettrait.

Le soleil déclinait inexorablement vers les Alpilles. Des larmes chaudes mouillèrent les mains de la jeune femme. Demain, les gendarmes viendraient la chercher...

Il lui fallait à tout prix trouver celui à qui elle dirait tout.

« Demain, tout sera perdu », sanglota-t-elle lorsque l'ombre toucha le faîte du clocher.

L'idée miraculeuse lui vint alors qu'elle tournait son visage gonflé de larmes vers le levant. Un dernier rayon de soleil léchait les coteaux de la colline de Tanneron.

Pourrières de Tanneron !

Là-bas vivait Barthélemy, un brave homme chez qui la famille du Calabrais se rendait parfois – de loin en loin – pour y déjeuner. Barthélemy était celui que son père bénissait chaque jour en l'appelant son « bienfaiteur ». En ce temps-là, elle était encore toute pitchounette, elle ne savait pas ce que cet homme avait fait de si grand et de si beau, mais elle se souvenait très bien des paroles du Calabrais : « Pour celui-là, je me jetterais au feu avec plaisir ! Il m'a sauvé du déshonneur. »

Elle connaissait bien son père, il n'aurait pas dit cela sans de bonnes raisons. Barthélemy était alors gendarme, sans doute l'avait-il sorti d'une mauvaise affaire qu'on lui aurait mise injustement sur le dos ?

Giuseppina essuya ses yeux.

« Celui-là connaît bien les choses de la justice et de la prison, se dit-elle. Il saura comment faire pour défendre Jean et le faire libérer. »

Giuseppina coucha son fils puis elle se prépara à la hâte. Lorsqu'elle fut prête, elle annonça à Maria :

— Je m'en vais voir Barthélemy de Pourrières de Tanneron. Quand papa est mort, il portait le cercueil. Sûr, celui-là m'aidera…

— La nuit vient !

— Je ne peux pas attendre ! Les gendarmes seront là demain !

— Va. Prends la lampe. Que Dieu te garde, répondit la bonne Maria en se signant.

15

Giuseppina mit son fichu sur sa tête puis elle se jeta dans le chemin Sainte-Brigitte, celui qui mène vers Tournon. Ensuite, se disait-elle tout en avançant à vive allure, elle traverserait le bois de l'Eouvière puis Font Pascal, qu'elle connaissait bien pour y avoir travaillé. Elle n'imaginait guère la suite de son itinéraire, mais elle arriverait quand même à Pourrières, toutes les forces du ciel ne pourraient l'arrêter. Elle décida qu'elle filerait droit devant elle en prenant la colline de Tanneron comme repère, les ailes de sa foi l'aideraient à l'emporter.

Elle traversa la route de Grasse alors que sonnaient sept heures.

« La nuit vient, il faut que je me dépêche. »

La route était longue et lassante, de virages en virages elle semblait monter jusqu'au ciel qui s'assombrissait. Mais Giuseppina avait des jambes solides qui se jetaient l'une devant l'autre sans qu'on ait besoin de les commander. Elle ne marchait pas comme les gens de la ville qui soulèvent les talons et tiennent leurs bras serrés. Elle, elle balançait ses mains sans retenue et glissait ses semelles à ras de terre pour aller chercher le sol le plus loin qu'elle pouvait.

Alors qu'elle avançait ainsi, à belle allure, elle se sentit ragaillardie, mieux valait cette course folle que l'immobilité de l'attente stérile. Elle s'inquiétait cependant et s'appliquait à retrouver parmi ses souvenirs celui qui lui dirait à quoi ressemblait la maison de Barthélemy qu'elle se rappelait imparfaitement, tant de temps avait passé... Paupières baissées, ne laissant voir que l'endroit où se posaient ses souliers, elle la revit enfin clairement, petit cube de pierres surmonté d'un toit à deux pentes niché à flanc de coteau. A tant remercier la Madone de l'avoir éclairée, il s'en fallut de peu qu'elle oubliât sa peine et se mît à sourire.

Elle arriva à Pourrières en même temps qu'une nuit sans lune qui ensevelissait les portes et les façades des maisons dans l'obscurité. Sa lampe falote ne jetait plus qu'un halo sans vigueur sur la campagne assombrie. Elle dut se fier aux faibles lueurs qui, ici et là, se glissaient sourdement à travers les volets clos. Cœur battant, elle prit sur sa gauche et se dirigea vers la lumière la plus proche. Elle cogna à une porte qui ne s'ouvrit point.

— Qui est-ce ? demanda une voix.

— Seriez-vous assez aimable pour me dire où je pourrais trouver monsieur Barthélemy, l'ancien gendarme ?

— Et pour quoi faire ?

— C'est un ami de mon père.

— Et qui est ton père ?

— Pietro Carvalone.

— Et toi, on te dit Giuseppina ?

— Oui, souffla-t-elle.

La porte s'ouvrit instantanément.

— Viens, viens, petite, viens par là.

De sa grosse main, Barthélemy la repoussa vers le cœur de sa maison.

— Va, entre... Figure-toi que j'avais dans l'idée que tu viendrais...

Alors qu'elle s'imaginait comblée et heureuse, Giuseppina éclata en sanglots. Elle se sentait faible comme un papillon à peine séparé de sa chrysalide.

— Allez zou, mouche ton nez et raconte.

Il la fit asseoir sur une chaise et lui servit un verre d'eau mouillée de sirop de menthe. A travers ses larmes, Giuseppina reconnut les bons yeux bleus très clairs de l'ancien gendarme et la moustache qui se retroussait jusqu'à ses tempes grises. Elle essuya ses yeux et avala sa salive. Barthélemy s'impatientait :

— Allez zou, raconte...

Giuseppina but une gorgée de sirop, la menthe la rafraîchit et sa langue se délia :

— Je suis venue vous dire quelque chose que je n'ai dit à personne.

— Et pourquoi donc ?

— Parce que personne ne me croirait.

Barthélemy mit sa grosse patte sur la main de Giuseppina.

— Va, raconte. Moi, je te croirai. Il faudrait bien

voir que tu aies fait toute cette route pour me raconter des mensonges.

— C'est pas possible que Jean ait tué Eugène.

— Et pourquoi ?

— Pour que vous le compreniez, il me faut tout vous raconter, depuis le premier jour. Voilà...

« Lorsque je suis partie de chez mes parents pour me placer chez Eugène, j'étais la plus heureuse de toutes. Jean, celui que j'aimais, avait été demandé pour travailler au Grand Chêne, j'allais donc vivre près de lui, je le verrais tous les jours...

Cependant, juste au moment où j'ai passé la porte, mon père m'a retenue par le bras.

— Va, petite, mais si jamais Eugène ne se comporte pas bien avec toi, viens me le dire : ça ne se passera pas comme ça.

Pauvre, il se disait inquiet mais ses yeux brillaient de contentement quand même. Malade comme il était, il se réjouissait de me savoir bien placée.

Je n'ai jamais eu à me plaindre d'Eugène, il se tenait bien. Il ne lorgnait pas mes fesses ou ma poitrine comme le font les autres hommes les jours de foire ou de marché. Il avait une amie à Marseille qu'il s'en allait voir souvent, et, lorsque Jean et moi on se carenchounait en douce, il ne disait rien, il nous laissait faire, il semblait même satisfait. Pourtant, quand on parlait de se marier, Eugène n'était pas d'accord :

— Attendez donc ! Qu'est-ce qui vous presse ?

En disant cela, d'un seul coup, il devenait sévère.

Jean le voyait bien et, de peur de perdre sa bonne place, il me suppliait :

— Il a raison, attendons encore, rien ne nous gêne, rien ne nous presse. A bien y réfléchir, c'est mieux de patienter encore un an. Je mets tout ce que je gagne de côté, et plus on attend, plus notre maison sera belle et plus grande la terre que j'achèterai.

Depuis longtemps, Jean économisait sou à sou. Etre son maître, ne devoir rien à personne était le rêve qu'il avait.

Pourquoi Eugène ne voulait-il pas qu'on se marie ? Je le sais maintenant : Eugène attendait que je sois grosse pour dire à tout le monde que cet enfant était le sien et qu'il voulait me marier. Le petit ne bougait pas encore, j'étais mince comme une estoquefish qu'il s'en doutait déjà. Un jour que Jean était parti en course avec des charretiers de Bagnols, il m'a fait asseoir devant lui :

— Tu es grosse, hein ?

J'ai eu honte, j'ai rougi.

— Peut-être bien...

— Alors, je vais t'épouser. Il me faut un fils pour lui laisser tout mon bien.

J'ai ri, je pensais qu'il blaguait.

— Vous avez une amie, faites votre enfant vous-même !

Ses yeux sont devenus noirs comme le dos d'un corbeau. Sûr qu'il ne blaguait pas. Il s'est redressé d'un coup. Il était terrible, j'ai cru qu'il allait me casser la bouteille de vin sur la tête, puis il s'est radouci :

— Va demander conseil à ton père, va… Dis-lui que tu es grosse et sans mari, dis-lui bien que je veux t'épouser, dis-lui bien tout. Après, tu feras ce qu'il te dira.

J'ai mis mon châle et j'ai couru jusqu'aux Coulettes d'Allongue. En chemin, je riais toute seule : "Quelle histoire, vrai ! Mais papa ne le laissera pas faire, té ! Ah ça alors, pour qui il se prend, celui-là !"

En arrivant, je me suis faufilée tout près de mon père, comme j'en avais l'habitude, et je lui ai tout avoué : Jean que j'aimais depuis toujours, le petit qui allait naître… Le pauvre, qui respirait si mal, s'est mis à tousser. Je me suis jetée à ses genoux.

— On se marie le mois prochain, je te demande pardon, personne ne saura ma faute, va, ce sera une belle noce quand même…

Je me suis faite tant câline que, bien sûr, il m'a pardonné d'avoir fêté Pâques avant les Rameaux. C'est alors que j'ai ajouté :

— Figure-toi, papa, qu'Eugène lui aussi veut me marier ! Il dit qu'ainsi le petit sera le sien et qu'il héritera de tout, de la terre et de l'argent, plein d'argent qu'il a mis à la banque… Patin couffin… Bien sûr, je lui ai ri au nez !

Vous le savez, mon père était bien malade, il avait les poumons brûlés par le gaz des tranchées. Ça faisait peine de le voir se débattre pour attraper un peu d'air au lieu de respirer en douceur comme tout le monde. L'idée de la mort lui a bousculé la cervelle. Il m'a répondu :

— J'ai bien de la peine pour toi, petite, mais

Eugène a raison... Sinon sa belle terre et sa jolie maison s'en iront tout droit graisser la panse du percepteur. Il lui faut donc un fils, ce serait bien que ce soit le tien... Il a été si brave, si généreux pour nous, ce ne serait pas bien de refuser...

Il rêvait tout haut et n'écoutait plus ce que je lui criais :

— Mais, moi, je veux Jean !

Ou bien :

— Il n'a qu'à se marier et faire son enfant lui-même !

Il ne m'entendait pas, il avait perdu la tête, il pantaillait :

— Vois, j'ai tant souffert et tant travaillé pour les autres que je serais fier que mon petit-fils soit un jour le maître du Grand Chêne, que ma fille ait une servante pour l'aider...

— Je m'en moque bien ! j'ai répondu.

Il a toussé encore, sûr qu'il le faisait pour m'attendrir.

— Rappelle-toi qu'Eugène a promis de prendre ta mère quand je serai mort et de la garder jusqu'à la fin de sa vie. Va savoir... Si tu ne lui obéis pas, ça se pourrait bien qu'il change sa façon de penser et qu'il ne la prenne plus... La malheureuse serait à la rue ! Par contre, si tu fais bien tout ce qu'il te dit, elle aura une servante pour lui mettre ses souliers, la pauvre, quand elle plie l'échine, elle ne peut plus se redresser... Si elles sont dans le malheur, tes sœurs pourront venir vivre avec vous tous, la maison est grande... Elles y seront à l'abri...

Ses yeux se sont éclairés tout à coup, il a souri.

— Les petits-enfants du Calabrais iront à l'école jusqu'à vingt ans, ils apprendront des tas de choses, ils deviendront des messieurs... Tu sais, petite, une chance pareille ça ne se refuse pas ! Si tu refuses, toute ta famille sera dans le malheur un jour ou l'autre...

Sûr qu'il disait cela parce qu'il était très malade, et qu'il s'inquiétait pour nous autres. S'il avait été solide encore, fier comme il était naguère, il aurait tout envoyé au diable, l'Eugène, ses sous et le Grand Chêne par-dessus le marché ! Il était trop orgueilleux pour faire une chose si vilaine... Pensez un peu, vendre sa fille et son petit !

J'ai pleuré dans les bras de ma mère. Elle aussi était en colère, elle a dit :

— Et Jean dans tout cela ? Il a des droits tout de même, il est le père !

Pauvre, elle aurait mieux fait de se taire, papa n'aime pas qu'elle se mette en travers quand il a parlé.

— Celui-là a manqué de respect à ma fille !

Il est devenu rouge, il a crié si fort que l'air lui a manqué. On a bien cru qu'il allait mourir, là, par notre faute. Voilà pourquoi on a préféré ne plus rien dire et laisser faire. J'ai pleuré toute la nuit, des fois sur l'épaule de mon père, des fois dans les bras de ma mère. Quand il m'a fallu reprendre la route du Grand Chêne, j'ai demandé encore :

— Et Jean ?

— Dis-lui de venir, je lui expliquerai...

Il a pris ma main dans la sienne toute chaude.

— Marie-toi vite, je n'en peux plus guère...

Le lendemain, Jean s'en est allé aux Coulettes d'Allongue et il en est revenu tout bouleversé.

— Comment dire non à un brave homme, comment lui tenir tête... Pauvre, il en aurait crevé par ma faute... Mais attendons de voir ce que l'Eugène a derrière la tête... Je n'ai pas dit mon dernier mot.

Et, sans m'écouter plus, il est entré au Grand Chêne. Eugène et Jean sont restés longtemps ensemble. Quand Jean est revenu vers moi, il n'était plus le même. Il m'a dit :

— Va, fais plaisir à ton père...

J'en ai pas cru mes oreilles.

— Toi aussi ! Toi aussi, tu me vends à Eugène ?

— Je ne te vends pas, je ne te donne pas. C'est un arrangement...

— Je ne veux pas dormir avec lui !

— Il a promis qu'il ne te toucherait pas !

— Pense un peu, un homme est un homme !

— Il a promis. A condition que pour tous les autres tu sois sa femme et que tu te conduises bien, il veut bien qu'à la vérité tu restes à moi, à moi seulement ! Nous dormirons ensemble tous les soirs. Il a promis. Il s'en fiche, il veut seulement l'enfant pour le faire hériter.

— Il n'a qu'à en faire un à la femme de Marseille !

— Il dit qu'elle ne peut plus, vu qu'elle est trop vieille.

C'était une histoire d'un autre monde. Je voulais bien faire plaisir à mon père, mais Jean, lui, était toute ma vie, j'aurais aimé qu'il se mette en pétard, qu'il me défende, qu'il m'emmène loin, loin...

— Pourquoi te laisses-tu faire ? Tu ne m'aimes plus ?

Il m'a prise dans ses bras.

— Je t'aime plus que tout.

Il m'embrassait comme un fou.

— C'est une affaire d'hommes. J'ai donné ma parole d'honneur.

Ce qui voulait dire que je ne saurais jamais pourquoi Jean que j'aimais tant me donnait à un autre. J'ai demandé encore :

— Et s'il me touche quand même ?

— Je le tuerai !

Sûr qu'il l'aurait fait. En ce temps-là, oui. Pas aujourd'hui !

C'est comme ça que je me suis mariée avec Eugène, pour faire plaisir à tout le monde sauf à moi, pour que papa vive, pour une parole d'honneur...

Eugène a tenu ses promesses. Il avait sa chambre et nous la nôtre. A la mort de mon père, ma mère est venue habiter au Grand Chêne. A la maison, j'avais tous les droits, Jean faisait ce qu'il voulait. Dans les champs, il était le maître. Mais chaque fois que quelqu'un entrait dans la maison, le facteur, un ouvrier ou Odilon, Eugène reprenait de l'importance, il me commandait et s'amusait à me faire des mignardises ou à me caresser la joue. Il faisait ça pour tromper le monde.

Il n'était plus malheureux. Les derniers temps, il ne buvait plus guère, il montait au village jouer aux boules, bavarder avec les uns ou les autres. Il semblait content, il passait beaucoup plus de temps à Marseille. Quand le petit est né, il m'a suppliée :

— S'il te plaît, appelle-le Camille comme mon père...

Il s'en occupait, vaï ! Des fois, il le berçait contre lui, comme fait une femme... Il riait.

Quand nous en parlions, Jean avait parfois du regret de s'être laissé embobiner. Mais il était trop tard pour dire la vérité. Il me disait souvent : "Qu'un beau morceau d'homme comme celui-là ne touche pas à une belle fille comme toi, le nez dedans, personne ne voudra le croire ! Maintenant, il vaut mieux se taire, quoi qu'il arrive." »

Le dernier mot dit, Giuseppina s'affaissa. Elle frissonnait malgré le feu qui brûlait dans l'âtre.

— Vous me croyez ? demanda-t-elle.

Barthélemy avait pris un air sombre.

— Bien sûr, petite, que je te crois.

— Vous l'expliquerez aux gendarmes ?

— Demain, j'irai voir Machavoine.

Elle sourit à travers de nouvelles larmes, de contentement, celles-là.

— A présent, il me faut me recamper pour être là quand les gendarmes viendront...

— Dormons un peu, je te ramènerai au petit matin. Marius me prêtera son cheval. Il me vient dans l'idée que je pourrais aller loger chez ma cousine de Callian, il y a longtemps qu'elle demande à me voir.

— J'ai encore quelque chose à vous dire, dit soudain Giuseppina. Eugène ne trompait pas seulement son monde en disant que j'étais sa femme, il faisait aussi croire qu'il était riche mais, à vivre avec lui, j'ai compris qu'il ne l'était pas tant que ça. Les derniers temps, il chicanait sur tout.

16

L'aube naissait à peine quand Barthélemy ferma sa maison à clef. Avant de s'éloigner, il prit le temps d'appuyer un bâton contre sa porte.

— Ça, vois-tu, ça veut dire que je suis parti... Des fois que les voisins me croiraient mort dans mon lit. Allez, viens, il n'y a pas de temps à perdre !

Barthélemy fit monter Giuseppina derrière lui, sur la croupe du cheval.

— Vois-tu, petite, rien que d'être sur une selle, il me semble redevenir gendarme.

— Vous n'avez pas de peine de laisser votre maison ?

— Depuis que ma pauvre femme est morte, je n'ai plus de peine à donner à personne.

Tout juste installé chez sa cousine, rue du Vallat à Callian, Barthélemy se rendit à la gendarmerie afin de rencontrer Machavoine. Hélas, le brigadier passait la journée à Draguignan et ne rentrerait que par le train du soir. Dépité, il s'en alla faire un tour au puits du Plan. Il n'eut pas besoin de demander sa route, il connaissait le canton comme sa poche. Natif de Tanneron, il avait été, en outre, en fonction durant dix ans à la gendarmerie de Fayence.

« Il faut que je me rende compte. »

Il ne s'attendait pas à faire des découvertes, il voulait seulement voir les lieux. Il eut de la peine à retrouver des traces, le sol avait été piétiné par la moitié du canton. Il vit les taches de sang sur les pierres et, comme tous les autres, il se pencha au-dessus du puits. Ainsi que le pensait Machavoine, il était inimaginable qu'Eugène soit venu jusque-là pour recevoir un coup de serpette sur la nuque, les taches de sang n'étaient pas assez nombreuses. Par contre, il imagina fort bien l'assassin déchargeant le corps d'Eugène d'un charreton, le portant ou le traînant jusqu'à la margelle et le basculant dans le trou.

« Pour faire cet ouvrage, il faut un homme solide ou alors deux ou trois maigrichons nerveux comme des coqs. »

Il s'assit sur une pierre et bourra une pipe qu'il fuma tranquillement. Il se sentait rajeunir à grands pas, cette enquête faisait bouillir sa cervelle, chose qui ne lui était plus arrivée depuis longtemps. Si les confidences de Giuseppina facilitaient sa tâche en lui évitant de perdre son temps à accuser Jean, elles ne lui donnaient pas les clefs de l'énigme ni les raisons du crime.

Il revint du Plan au gré du pas d'aplomb de son cheval, tout en fouillant dans sa mémoire. Son adjudant-chef disait toujours, il y avait de cela longtemps : « Quand un bonhomme se fait assassiner comme ça, sûr qu'il est un peu responsable de ce qui lui arrive. Il faut fouiller dans sa vie comme un renard fouille dans une poubelle, avec du flair et de la ruse, pas avec des grosses patasses qui veulent trop vite en finir. »

Le grand tort de Machavoine avait été de considérer d'emblée Eugène comme une malheureuse victime et de l'absoudre de toutes responsabilités.

« Faut que j'aille à Marseille pour savoir ce qui s'est passé. Faut que je fasse parler les voisins. Si les journaux disent vrai, il y en a au moins un qui ment. »

Arrivé au milieu des vignes qui recouvraient la plaine au pied du coteau où habitait Eugène, Barthélemy considéra les lieux. Au centre régnait la belle bastide du Grand Chêne, entourée de ses oliviers et de ses berges pleines de rosiers. A gauche, la ferme d'Odilon, ses vignes et ses champs de jasmin bien alignés. Plus haut, sur la droite, le Casteloun, la tour baroque de Donatien, celle que le notaire avait vendue à Amédée la Fine Cèpe, ce jour-là descendu bien à propos de Castellane pour remporter l'affaire sous le nez de Gibous.

Barthélemy se trouvait à peu de distance du cabanon du bossu, petit mas perdu comme un îlot au milieu d'un océan de vignes. Il connaissait bien l'ancêtre ; déjà, de son temps, on l'appelait « l'emmerdeur » parce qu'il venait toujours se plaindre de quelque chose à la gendarmerie. Il se souvenait qu'une fois au moins, jadis, Gibous était parti en transhumance avec Eugène jeune homme, et que cela avait mal fini puisque Gibous était redescendu des alpages avant tous les autres. Comme de coutume, il était venu se plaindre. De quoi ? Barthélemy ne se le rappelait plus. Il se souvenait seulement que le collègue de service l'avait renvoyé en lui disant que les faits s'étant passés là-bas, loin, en alpage, il devait aller porter plainte à la gendarmerie de Saint-André-des-Alpes. Gibous était parti en injuriant la terre entière, et les gendarmes plus particulièrement.

Barthélemy fit la grimace. Il y avait maintenant fort peu de gens capables de s'en souvenir.

— Hou hou, grand-père ! lança-t-il en approchant de Gibous, qui, planté dans son champ, dénouait patiemment les brins de raphia des tuteurs de ses haricots grimpants.

— Té, voilà le gendarme à la retraite ! Qu'est-ce que tu viens foutre chez moi ?

— Vu que je me fais vieux, je me repose quelques jours à Callian, chez ma cousine Louisette. C'est pourquoi, en passant, je suis venu te dire bonjour.

Gibous n'arrêta pas de dénouer les brins de raphia. Il y parvenait avec une dextérité incroyable puis il les collectait avec grand soin dans le creux de sa paume comme s'ils eussent été tressés dans de l'or.

Barthélemy attendait patiemment, planté à l'orée du jardin.

— Alors dis voir un peu, tu me fais asseoir ou t'attends que je crève debout ?

Gibous ronchonna :

— Vé. Crève donc !

Ils s'assirent enfin sous la tonnelle et parlèrent longuement du temps passé et des bienfaits de l'orage. Sous son air grincheux, Gibous était ravi : en si bonne compagnie, cette matinée passerait plus vite que les autres.

— Il s'en passe, des choses, par ici ! dit enfin Barthélemy.

Gibous eut un regard aigu.

— C'est donc pour ça que t'es venu me voir ?

— Mais non, vé, mes jambes, je te l'ai dit, je ne peux plus rester seul…

Il laissa passer un moment puis, pour inquiéter Gibous, il mentit effrontément :

— Ce vieil Eugène, tout de même, quel pistachier ! Je me souviens que, dans le temps, on avait fait une enquête à cause d'une plainte… à la suite d'une histoire qu'il avait eue là-bas, à Marseille…

Gibous avait beau être sur ses gardes, il ne put s'empêcher de se redresser vivement.

— Une enquête ? Et pourquoi donc ?

— Il se disait alors qu'il n'était pas blanc blanc.

— Et qu'est-ce que t'as trouvé ?

— Ça, je ne peux pas le dire… C'est un secret…

Barthélemy fit mine alors d'oublier Eugène. Il parla d'un autre crime qui, jadis, s'était passé à Mons. Il en dit tout ce qu'il savait avec force détails. Il se régalait à se souvenir et à dévoiler les dessous d'une vieille histoire, l'air de rien, ça gommait le temps.

— Je me demande bien ce qu'il a pu faire,

l'interrompit soudain Gibous que les assassins de Mons n'intéressaient visiblement pas.

— Qui donc ?

— Eugène.

— Ah ? Lui ? Quelque canaillerie, comme tout le monde... Ah bah... Pour tout te dire, je ne m'en souviens plus.

Ils parlèrent alors plus sereinement de milliers de choses sans importance. Gibous était tout à fait rassuré quand Barthélemy s'exclama :

— Au fait, tu ne dois pas être copain avec l'Amédée ! Si je me souviens bien, il t'a joué un fort mauvais tour le jour de l'adjudication ?

Gibous rentra son menton dans son cou.

— Bé, vé, té... A bien réfléchir, il vaut mieux que ça se soit passé comme ça.

Barthélemy haussa des sourcils circonspects mais n'insista pas. Il attaqua dans une autre direction :

— Eugène, lui, était ton ami ! Il me semble me rappeler que vous êtes partis ensemble en transhumance ?

Le vieil homme se redressa brusquement.

— Et alors ? N'empêche que ça fait des années qu'on ne se parlait plus.

Barthélemy ne lui demanda pas le pourquoi de cette fâcherie. Il connaissait suffisamment Gibous pour savoir qu'il ne lui répondrait pas.

Lorsque le gendarme s'en alla enfin, l'heure de dîner était passée depuis longtemps. Arnaude avait tenu la soupe au chaud sur le bord du fourneau. Gibous s'assit lourdement devant son assiette en marmonnant :

— En galère, à présent, tout ça c'est bien fini...

— Quoi donc ? demanda la naine.

— Rien, rien... Mange, petite.

17

Sa sieste terminée, Barthélemy remit sa casquette dans l'intention d'aller faire un tour aux environs de la bastide du Grand Chêne. Pour cela, une fois descendue la route de Saint-Donat, il prit le chemin de Mailla qui montait droit devant lui. Il n'y avait pas plus court pour aller de Callian à Montauroux.

Alors que sa monture escaladait pesamment le coteau, il vit venir à lui un drôle d'équipage. Giuseppina avançait à pied entre deux gendarmes à cheval. Barthélemy fit reculer sa bête vers le talus pour laisser passer le triste cortège. La jeune femme avait les mains tenues par des menottes. Elle était rubiconde et tenait la tête fermement baissée. Elle ne le vit pas. Barthélemy songea à son ami le Calabrais :

« Pétard, pauvre vieux, il a bien fait de mourir. »

Il se souvint alors du mariage de Giuseppina, mariage auquel il avait assisté sur l'invitation de son ami. Etait-elle mignonnette, la petite, dans sa robe blanche qui avait mangé toutes les économies de la famille Carvalone !

« C’est le plus beau jour de ma vie », lui avait dit le Calabrais.

C’était l’unique occasion où il avait rencontré Eugène et il regrettait à présent de ne pas lui avoir prêté plus d’attention. Il se souvenait seulement d’un bel homme jovial qui plaisantait avec tout le monde et qui se réjouissait bruyamment d’avoir eu la chance d’épouser une jeune fille appétissante et travailleuse.

« Il trompait bien son monde », avait dit Giuseppina.

La cérémonie finie, Eugène avait pris comme prétexte que la petite était grosse pour ne régaler personne. Pas de repas, pas de buffet, pas de vin ni de rigolade.

« Il faisait croire qu’il était riche mais il ne l’était pas tant que ça, il chipotait sur tout. »

Barthélemy découvrit la bastide du Grand Chêne close de tous côtés. Il ne s’en étonna pas et sortit de sa poche la clef que Giuseppina lui avait confiée.

Il entra dans la grande salle. L’ensemble était propre, pimpant même. Une batterie de casseroles en émail bleu égayait les murs. Pas une miette au sol, pas une tache sur les carreaux. Il s’assit à la place qu’il devina être celle qu’occupait Eugène et continua à réfléchir. En marchant, sur la route, la petite avait dit :

« Personne ne voudra me croire, mais c’est pourtant la vérité, Eugène n’était pas comme les autres hommes.

— Comment était-il avec Jean ? avait-il demandé.

— Il l’aimait bien, il le laissait faire à sa guise mais

Jean lui en voulait, bien sûr : “Regarde-le faire le gentil avec mon fils. C’est un sournois”, disait-il. »

Barthélemy mit ensuite le nez dans les tiroirs d’un petit bureau dans lequel étaient enfermés les papiers d’Eugène Marcou. Il n’y trouva rien d’intéressant, quelques feuilles éparses parlaient de bouteilles de sirupeux vendues à la douzaine ou de vins achetés en tonneaux.

Après avoir refermé la porte de la bastide du Grand Chêne, Barthélemy se dirigea ves la drôle de maison, le Casteloun, qui se trouvait un peu plus haut. Pour s’y rendre, il n’eut qu’à longer les berges d’Eugène puis à passer la haie de genêts qui les séparait de celles d’Amédée. Ensuite, il grimpa le fameux chemin sur cinquante mètres et s’arrêta, le souffle coupé.

Il était vrai que la maison d’Amédée avait quelque chose d’extraordinaire ; tout à la fois, la majesté d’une tour de château fort et la sobriété d’une bastide. Barthélemy s’en trouva charmé. Ce petit bout de maison était infiniment émouvant. Pas étonnant que Gibous en ait si longtemps rêvé. Il approcha du Casteloun en se disant : « Comme je ne connais pas ce monsieur, il me faut inventer une histoire bonne à me lier d’amitié. Je m’en vais parler de tout et de rien, je le cuisinerai quand il ne se méfiera plus. »

Amédée, hélas, n’était pas au logis. Sa femme, Rose, entrouvrit à peine la porte pour le lui dire.

— Et quand revient-il ? demanda Barthélemy.

En guise de réponse, Rose souleva dubitativement le menton. Elle allait refermer sa porte quand Barthélemy pointa sa canne vers le toit de la bastide esseulée.

— C'est bien ce qu'on appelle le Grand Chêne ?

— Vouïé.

— Elle est à vendre, à ce qu'on m'a dit ?

Les yeux de la femme d'Amédée se rétrécirent. Elle gronda :

— Qui vous l'a dit ?

— Un de Montauroux. Il m'a dit, coum'aco, que maintenant que le maître est mort et que la femme est en prison, la maison doit être vendue.

Rose écarta un peu sa porte afin de jeter un œil vers le Grand Chêne, comme pour s'assurer que la bastide était encore là.

— Ah, ça alors, et depuis quand ? En voilà des sottises !

Elle s'était renfrognée, visiblement vexée de ne point être la première avertie.

Barthélemy hocha la tête pensivement.

— Quelle affaire ce crime, tout de même !... Si on en croit les journaux !

Le visage de Rose se ferma instantanément.

— Ce ne sont pas mes affaires.

Barthélemy prit l'air étonné et curieux d'un enfant :

— On dit que c'est la femme qui a tué ?

— Non. C'est le valet.

— Ah bon ? Drôle d'histoire !... Té, je m'en vais y faire un tour pour voir la bastide de plus près...

— Elle est fermée.

Les prunelles noires de Rose allèrent de droite à gauche, comme à la recherche d'un secours. Elle aurait tout donné pour que son mari fût à ses côtés.

— Vous ne pouvez pas ! jeta-t-elle.

— Bé, j'y vais quand même, allez, va, je n'emporterai pas la terre à mes souliers ! Ensuite, je reviendrai voir votre mari.

— Pour quoi faire ?

— Pour savoir si c'est une bonne affaire, té pardi !

Mais au lieu de tourner les talons, comme il l'avait annoncé, Barthélemy resta planté devant la porte. Ses yeux fixèrent Rose puis se tournèrent en direction de la bastide avant de revenir, naïfs :

— Tout de même, si près l'un de l'autre... Vous devez en savoir des choses sur le bonhomme qui s'est fait assassiner...

Il n'eut pas le temps d'aller plus loin, la porte s'était déjà refermée.

Barthélemy reprit sa route mais il n'alla pas vers le Grand Chêne. Il traversa les restanques jusqu'à atteindre le petit chemin qui séparait les berges d'Eugène de celles d'Odilon. Contrairement au premier qui cultivait les oliviers et les roses, le deuxième partageait sa terre entre la vigne, le jasmin et la lavande. Cela se sentait, le parfum persiste encore longtemps après que la fleur est coupée.

Odilon parcourait ses vignes à pas lents, plié en deux afin de mieux surveiller le mûrissement de son raisin. Barthélemy le héla poliment et les deux hommes se rejoignirent entre deux rangées de ceps chargés de grappes embuées.

Avec celui-là, Barthélemy joua franc jeu :

— Je suis Barthélemy, l'ancien gendarme de Fayence... J'étais ami avec le Calabrais, un brave homme... Peuchère... Je n'arrive pas à croire que sa petite ait pu faire une chose pareille...

— C'est pourtant ce qu'on dit...

— Vouïé... Mais je n'arrive pas à y croire... Et vous, qu'est-ce qui vous semble, si ce n'est pas indiscret ?

— A moi, il ne me semble rien...

Ils parlèrent alors de vigne, de raisins et de vin clairet. Ce n'est qu'à la fin de l'entretien qu'Odilon invita Barthélemy à boire à l'ombre. Il le fit entrer dans sa maison, s'empressa de lui offrir une chaise et de remplir largement son verre.

— Santé ! dit-il en levant le sien.

Il souriait et se démenait, un tantinet obséquieux...

« Trop poli pour être honnête », songea le vieux gendarme. Il but doucement son pastis puis, sans prévenir, il revint à son enquête :

— Je ne crois pas que Jean soit coupable.

Odilon planta ses yeux dans ceux du gendarme.

— Et pourquoi donc, il ne le serait pas ?

Barthélemy ne répondit pas directement :

— Vous le croyez, vous ?

— Pourquoi pas ? Quand il arrive, un coup de sang ne prévient pas. Cela ne pouvait pas durer, pensez un peu, un ménage à trois !

Barthélemy fit mine de n'avoir pas entendu.

— Giuseppina m'a dit que, ces derniers temps, Eugène n'avait plus d'argent. Il comptait, il rationnait tout dans la maison...

— Pardi, à force de vivre comme un prince, sûr qu'un jour on voit le fond du coffre-fort. C'est pas quatre boisseaux de blé, dix mottes d'olives et quelques kilos de fleurs qui enrichissent son homme. Il a dû s'en apercevoir trop tard...

— Si ce n'est pas pour l'argent, si ce n'est pas pour une vieille querelle, ce serait pour quoi alors que Jean l'a tué ?... Tout de même, si Eugène était passé devant chez vous pour aller se faire assassiner ailleurs, vous l'auriez sûrement vu ?

— Eugène ne passait jamais par là, le chemin est trop pentu, trop mauvais. De toute manière, il n'allait guère à pied, il avait une mauvaise jambe, les os mal recollés...

— Et alors, comment faisait-il ?

— Il s'en allait par le chemin du bas, en char à banc.

— Et du côté d'Amédée ?

— Jamais, Amédée l'interdit, il dit que le chemin lui appartient, c'est un emmerdeur.

— Et cet Amédée, d'où vient-il ? Il n'est pas d'ici.

— Il vient d'en dessus de Castellane. Paraîtrait qu'il y faisait de bonnes affaires en vendant des peaux de furet et de renard... Il pue comme un bouc, et grossier avec ça !

Barthélemy fit semblant de se souvenir brusquement :

— Ah oui ! Je me souviens, c'est celui qui, un jour, a soufflé le Casteloun à Gibous ! Tout le monde en a parlé dans le canton. Pas de chance pour le vieux, tout de même !

Odilon n'ajoutant pas un mot, Barthélemy reprit :

— Pauvre, sûr qu'il n'a pas dû lui pardonner ce tour de couillon !

— Faut le lui demander.

Pour vérifier les dires d'Odilon, Barthélemy s'éloigna en empruntant le fameux chemin soi-disant impraticable. Son usage en était effectivement ardu, sûrement trop éprouvant pour un boiteux.

Une fois arrivé sur la place de Montauroux, Barthélemy s'en alla voir le maire.

Carré d'épaules et bougon, Antoine Bonnet dit tout de go ce qu'il pensait de l'affaire :

— Eugène n'est pas allé bien loin pour se faire tuer. La chose est sûre, il n'allait guère à pied et personne n'a vu passer sa carriole. A cette heure-là, entre la fleur et le blé, tout le monde était dehors !

— Ça ne peut donc être qu'Amédée ou Odilon... Gibous, peut-être ?

— Possible mais pour quelle raison ? Eugène ne s'est jamais plaint de ses voisins. Il n'était pas hargneux, c'était un doux, un brave homme. J'ai cherché dans toutes les vieilles histoires et j'ai moi-même interrogé bien des gens, en particulier de ceux qui travaillaient pour lui... Rien ! Pas une embrouille, pas un tour de couillon... A part, bien sûr, Jean et Giuseppina qui, dit-on, se carenchounaient derrière son dos...

Antoine Bonnet laissa retomber ses bras.

— Rien de rien ! Et voilà ! En attendant, Jean et la

petite sont en prison et moi je donnerais ma main à couper qu'ils ne sont pas coupables !

— Il ne reste plus que Philomène Virazelle... Quand je l'ai connue, il y a de cela vingt-cinq ans, elle revenait de Nice où, disait-on, elle avait mené la belle vie en se servant plus de ses fesses que de ses bras pour travailler. Je ne me souviens que de son opulente et magnifique chevelure blonde qu'elle montait en chignon extravagant ou bien qu'elle étalait sur son dos.

Le maire haussa les épaules.

— A présent, elle est complètement folle et vit comme une sauvage. Je me dis toujours qu'on retrouvera un jour son corps dans les broussailles, dévoré par les renards. Qu'aurait-elle pu faire au pauvre Eugène sinon lui jeter des sorts... On la dit sorcière, les gens d'ici en ont peur...

Le maire sourit avec indulgence, mais il était visible qu'il ne se sentait pas à l'abri d'un sortilège ou d'une malédiction.

Barthélemy prit congé.

— L'Amédée est-il par là ? Comment le reconnaître ?

— Il joue aux boules sur la place. C'est un petit nerveux avec un foulard rouge autour du cou.

En sortant de la mairie, Barthélemy repéra sans peine le foulard rouge et se dirigea vers son propriétaire.

— Salut, monsieur Maurel, lança-t-il en soulevant sa casquette. Beau temps, n'est-ce pas ? Tantôt, je suis venu voir votre femme, vous n'étiez pas là, continua-t-il sans laisser à l'autre le temps de se remettre. Je suis bien aise de vous rencontrer à présent.

— Moi pas, répondit Amédée.

— Vous ne voulez pas me parler ?

— J'ai rien à dire à un gendarme qui se fait passer pour un touriste !

Et, cela dit, il tourna le dos et partit précipitamment en direction de Bigarel. Barthélemy, têtu, le suivit.

— Je suis testard, vous savez ! Gendarme ou pas, je veux acheter la maison de votre voisin. Vous savez, celui qui est mort...

— Elle n'est pas à vendre.

— Ce n'est pas ce qu'on m'a dit...

— On s'est trompé.

Et Amédée accéléra si bien le pas que Barthélemy renonça à le poursuivre. Il se contenta de prendre la même et unique route qui menait au Casteloun, musardant, se régalant de la vue magnifique. Quand il arriva enfin à la hauteur de la tour extraordinaire, il vit Amédée qui se tenait sur une de ses berges, un peu plus bas. Pensif, l'homme semblait regarder en direction de la plaine où se trouvait la maison de Gibous.

Barthélemy s'approcha précautionneusement. Amédée, qui ne l'avait pas entendu venir, sursauta et brama aussitôt :

— Foutez le camp de chez moi !

Barthélemy négligea l'injonction et, au contraire, affermit sa position. Il écarta les jambes, croisa les bras et fit mine de regarder dans la même direction qu'Amédée.

— Belle plaine, vrai, belles vignes aussi, les vendanges vont être bonnes...

Amédée ne broncha pas.

— N'est-ce pas la maison de Gibous que l'on voit là-bas ? Je l'ai bien connu, il y a longtemps de cela, quand j'étais en fonction à Fayence. Je l'ai revu hier, il a toujours les idées claires, boùdieu, on dirait que les années l'ont oublié dans un coin... Nous avons parlé du bon vieux temps, il se souvient de tout ! Nous avons aussi parlé du crime, j'ai dans l'idée qu'il en sait plus long qu'il ne prétend, c'est un malin...

Amédée resta de marbre puis, n'y tenant plus, il grinça :

— Vous lui avez demandé comment il se fait qu'il a retrouvé l'Eugène dans un endroit où personne ne va jamais ?

— Ah bon ?... C'est lui qui l'a retrouvé ? Je ne le savais pas.

— La première poule qui chante, c'est celle qui a fait l'œuf, voilà ce que je pense, moi.

Barthélemy laissa passer un instant puis il reprit, d'un ton plus doux :

— Gibous et Eugène étaient de bons amis. J'ai appris qu'une année, il y a de cela bien longtemps, ils étaient partis ensemble en transhumance.

La foudre en s'abattant à ses pieds n'aurait pas laissé Amédée plus stupéfait.

— C'est lui qui vous l'a dit ?

— Vouïé.

Amédée semblait décontenancé. Barthélemy profita de son avantage :

— Il m'a parlé aussi du jour des enchères et de la belle affaire que vous lui avez soufflée sous le nez.

Amédée jeta son mégot à terre, l'écrasa du pied.

— Pas difficile de couillonner ce grand imbécile !

— Il se demande encore qui vous a prévenu de la chose... Vous qui étiez loin, loin, à Castellane à ce qu'on dit ?

Amédée se figea. Barthélemy crut qu'il avait touché juste quand l'autre éclata d'un rire tonitruant, d'un rire de fou qui s'en alla se cogner aux contreforts de Montauroux.

— Qui m'a prévenu ? Elle est bien bonne, celle-là !

— Qui donc ?

Amédée n'en finissait pas de se tordre.

— Qui m'a prévenu ? Té, mais c'est lui-même, ce grand couillon de Gibous !

En s'en allant à petits pas, Barthélemy, ébahi, comprit enfin pourquoi le malheureux Gibous préférait ne plus parler de sa déconvenue.

Ce fut un peu plus loin sur sa route qu'il eut la surprise de rencontrer Philomène. Le temps avait passé, mais il la reconnut sans peine grâce à son allure altière et à sa tignasse de boucles grises étalée sur son dos. A l'époque où, gendarme en fonction, il avait eu affaire à elle pour une petite histoire de braconnage, elle était encore très belle, avec quelque chose de princier dans sa façon de se tenir.

Un sac de pignes et un énorme fagot de bois quillés sur son dos, la vieille femme tentait en vain de se courber vers ses pieds. Chaque fois qu'elle se penchait, sa charge basculait et risquait de l'envoyer à terre. Elle maugréait toute seule.

— Hou ! Hou ! Philomène ?

Elle se redressa pour mieux le dévisager.

— A qui ai-je l'honneur ?

— Barthélemy ! Rappelle-toi, il y a longtemps de cela, l'histoire des collets dans la plaine… ? Rappelle-toi, j'ai été gentil avec toi, j'ai pas dressé de procès-verbal !

Ses yeux s'amenuisèrent et elle cracha par terre. Il n'en tint pas compte et lui lança un bon regard.

— Allez va, n'aie pas peur. Je ne suis plus gendarme, je suis un homme comme tout le monde à présent. Serais-tu en peine avec tes fagots ?

— Vouïé. Ma clef a glissé de ma poche, elle est tombée là.

De son pied, elle désignait l'objet tombé à terre.

— Chaque fois que je double l'échine, fan des pieds, mon sac m'envoie caler cul par-dessus tête.

Barthélemy se baissa, ramassa la clef et la lui tendit.

— Té, la voilà.

— Grand merci… Remets-la dans ma poche à droite, l'autre est trouée.

Barthélemy s'excuta en murmurant :

— J'étais un ami du pauvre Eugène.

Elle n'eut pas l'air de le croire.

— Ah vouïé ?

Elle se remit en route en ahanant comme un âne sous son ânée. Barthélemy lui emboîta le pas.

— Donne-moi ton fagot, va.

Il le lui enleva d'autorité et le plaça sur son dos.

— Quelle affaire, tout de même ! Je suis venu tout exprès, je veux savoir ce qui s'est passé. J'ai dans l'idée que le valet n'a pas tué. Tu fréquentais monsieur Marcou ?

— Pas plus que ça...

— C'était un brave homme. Je retrouverais bien le salopard qui l'a tué.

Philomène laissa tomber :

— Maintenant qu'il est mort... qu'est-ce que ça peut faire ?

— Tout de même, on ne peut pas laisser un criminel en liberté !

Philomène ne répondit pas.

— Les gendarmes...

Elle l'interrompit avec fureur :

— Ah, fan de pute, ne me parle pas de ceux-là, rien que des fumiers !

Ils étaient arrivés en vue de l'oustau. Philomène entraîna Barthélemy vers l'abri où elle gardait son bois. Il y déposa sa charge et aida la vieille femme à se défaire de la sienne.

— Merci bien. Vé, puisque tu n'es plus gendarme, je m'en vais te dire quelque chose que je n'ai pas dit à l'autre imbécile qui est venu me voir l'autre jour. Une fois, à Nice, il y a de cela des années et des années, avant la guerre, j'ai rencontré Eugène à la terrasse de la Jetée-Promenade. Il m'a offert un verre.

Ses yeux, très clairs, s'allumèrent et flottèrent un instant autour d'elle.

— Il ne m'a dit que des choses aimables.

Son regard resplendit soudain de jeunesse.

— Ce n'était pas un homme comme les autres. Lui, c'était un gentleman !

Elle laissa passer un instant.

— Un gentleman, reprit-elle avec ferveur.

A peine répété ce mot, qu'elle avait dû apprendre au temps de sa vie niçoise, la vieille femme ajouta :

— Voilà pourquoi on l'a tué. C'était un gentleman et tous les autres de par ici ne sont que des mange-merde et des mal élevés. C'est tout ce que j'ai à te dire. A présent, tu peux reprendre ton chemin.

Barthélemy refusa de se soumettre à ce congé précipité, il insista :

— Tu l'aimais bien, alors, aide-moi à retrouver qui l'a tué !

— Je ne veux plus rien avoir à faire avec les gendarmes. Plus tu leur en dis, plus ils cherchent à te couillonner.

— Je ne suis plus gendarme, j'use ma langue à te le répéter ! Fais-moi confiance, va !... Coquin de sort, quand je pense à ce jeune qui va avoir la tête coupée à la place d'un autre ! Ça te fait pas de la peine ? Ce jeune, ce Jean du Casteloun, tu le connais, nom de Dieu, il a été ton voisin quand il était petit !

— Vouïé. Des fois, pour cueillir le genêt et la fleur de Saint-Jean, il se faufilait jusqu'ici. Peuchère, comme il était maigre... Il me disait : « Tu es belle comme une princesse, Philomène... » Un jour, il m'a donné son bouquet...

— Tu vois bien ! Et tu lui laisserais couper la tête ?

— Qui ferait ça ?

— Mais les gendarmes, bien sûr ! mentit Barthélemy. Sais-tu qu'il est déjà en prison ? Tu ne lis donc pas les journaux ?

Philomène se figea.

— *Nanni*[1].

Elle semblait sidérée. Elle fit tourner plusieurs fois sa tête de droite à gauche, yeux fixes et bouche close, comme abasourdie par cette éventualité à laquelle elle n'avait pas pensé.

Mais Barthélemy eut beau l'asticoter, elle n'en dit pas plus long. De guerre lasse, il la salua aimablement et reprit son chemin en se promettant de revenir plus tard pour bavarder avec elle plus longtemps.

Dès que le gendarme se fut éloigné, le visage de la vieille femme perdit toute sa placidité. Elle pivota de tous côtés, comme prise d'une grande fureur, puis elle leva son poing fermé et le lança plusieurs fois, l'index et l'auriculaire pointés en forme de corne.

— Que le diable te saigne comme le pouarc que tu es ! Que les bêtes mangent ton foie !

... sans qu'on puisse savoir à qui ce redoutable mauvais sort était destiné.

Une fois sa malédiction proférée par-dessus la broussaille, elle entra dans sa maison et referma sa porte d'un coup de pied.

1. « Non. »

18

En revenant vers Callian, Barthélemy se disait que, telle que se présentait l'affaire, Machavoine était bien excusable de s'être trompé. Et, de cette constatation, lui vint l'envie d'aller voir si, par un heureux hasard, le brigadier ne serait pas revenu de son voyage à Draguignan. Six heures sonnaient lorsque, pour la deuxième fois, il prit la route de Fayence.

A peine assis devant Machavoine, il le tutoya familièrement :

— Je suis un de tes vieux collègues à la retraite. Il y a de ça vingt-cinq ans, j'étais assis à ta place à ce bureau, devant le même buvard.

Ensuite, il insista sur l'amitié qu'il avait pour Pietro Carvalone et pour sa fille Giuseppina :

— Elevée comme elle l'a été, je veux bien croire qu'elle ait pu aider Jean à charger le corps dans l'affolement et l'urgence mais je ne peux pas croire qu'elle ne l'avoue pas maintenant. Elle est trop honnête pour se taire encore, après avoir réfléchi à la gravité de son acte. Plus droit qu'était son père, plus soucieux de son honneur, je n'en connais pas. Pauvre, c'est tout ce qu'il avait comme richesse... Je connais bien la petite, elle est son père cagué, coquin de sort, elle ne pourrait jamais mentir !

Après quelques instants passés à protester en se drapant dans une attitude défensive bien compréhensible au bout de cinq jours d'enquête, Machavoine eut une faiblesse. Il abattit sa garde et laissa glisser ses bras en travers de son bureau. Pour un peu, il se serait réfugié dans le giron poilu de son vieux collègue. Il se reprit vite et accepta alors d'exposer plus sereinement ses propres doutes :

— Que te dire, il est vrai que je ne peux pas jurer que ces deux jeunes soient coupables, l'affirmer serait mentir... Ce ne sont pas des brutes, je veux bien le reconnaître... Elle pleure toute la sainte journée et lui, il chante des chansons tristes à faire pleurer ! Ils ne sont d'ailleurs pas inculpés puisque je n'ai encore aucun aveu, aucune preuve... Je peux bien te le dire, à la vérité, je ne sais plus que faire... Cette histoire m'empoisonne, voilà deux nuits que je ne dors plus ! Sais-tu que, dans l'espoir de retrouver des traces de sang, j'ai inspecté, en vain, tous les charretons et toutes les charrettes du canton... que j'ai interrogé plus de cent personnes autour et alentour ! Rien ! Aucune n'a vu Eugène Marcou après six heures du soir ! Pas une seule ne m'a parlé, pas même à chut-chut, d'une embrouille, d'une crapulerie qu'il y aurait eue entre voisins... ni même laissé entendre qu'un désaccord ou qu'une vieille haine opposait Marcou à quelqu'un de par ici. Rien...

Pour appuyer ses dires, Machavoine, désespéré, frotta plusieurs fois ses doigts sur le plat de sa table désertique.

— ... Marcou était un homme tranquille, un de ceux qui laissent tout le monde indifférent, pas de querelle, pas de rancune, pas de jalousie malgré qu'il ait plus d'argent qu'un autre... Par contre, sur les amours de Jean et de Giuseppina, là, je peux t'en raconter jusqu'à ce soir... Les journalistes n'ont eu guère de mal à trouver de quoi fabriquer leur mauvais roman-feuilleton... J'ai même imaginé que, puisque Eugène Marcou n'était pas parti de chez lui, au contraire, quelqu'un aurait pu se rendre au Grand Chêne pour lui chercher querelle. Nous avons donc interrogé une deuxième fois tous nos témoins : « Avez-vous vu un piéton, une charrette ou *quaucun* monté sur un âne vagabonder par ici ? » Rien, toujours rien...

Machavoine réitéra son signe de stérilité en frottant à nouveau de la paume de sa main le bois lisse de son bureau.

— Voilà, où veux-tu que je cherche maintenant ?... En attendant, les jours passent, ces messieurs de là-haut sont pressés, chaque matin ils n'ont rien de plus urgent à faire que de lire le journal... A la suite de quoi ils prennent le téléphone : « Alors, brigadier, quoi de neuf ? »

Machavoine ferma les yeux et joignit les mains.

— Ne sachant plus que faire ni où chercher, j'espère toujours que l'un ou l'autre craquera et dira la vérité.

Barthélemy dut s'avouer que le sort du jeune brigadier n'était pas enviable. Cependant, il murmura quand même :

— Eh bien, moi, je m'en vais te raconter ce que m'a dit la petite et, s'il te plaît, fais-moi le plaisir de la croire.

Il répéta les confidences de Giuseppina. Machavoine n'en revenait pas.

— Ça alors ! Et tu la crois ?

— Bien sûr. Elle n'aurait jamais inventé cela toute seule. Mais motus et bouche cousue... Si les journalistes l'apprenaient... Imagine le scandale ! Demande à Jean de le confirmer, mais, par pitié, arrange-toi pour être seul avec lui à ce moment-là.

— Admettons que ce soit vrai. Cela nous mène à quoi ?

— Dis voir, petit, as-tu cherché du côté d'Eugène Marcou ? Mon adjudant disait toujours que celui qui prend un coup de serpette sur la tête est toujours un peu responsable de ce qui lui arrive. Pas complètement, bien sûr, mais un peu quand même. Eugène a peut-être fréquenté du vilain monde ? Fait des misères à quelqu'un de là-bas ? Sais-tu ce à quoi il passait son temps quand il vivait à Marseille ?

— Bien sûr : j'ai demandé une enquête à mes collègues, Eugène achetait du vin en gros à ceusses de Montpellier puis il le revendait en bouteilles à ceusses de Marseille. Jamais d'histoires... Son commerce était honnête. Le dimanche, il allait à la pêche... Vé, un père tranquille.

— Eh bien, si tu le permets, et même si tu ne le

permets pas, moi, je m'en vais y aller voir quand même... Je gratterai fort dans tous les coins, je verrai ses amis, sans oublier la femme qu'il allait visiter chaque quinzaine. Je te tiendrai au courant de tout ce que je trouverai. Promis, je ne garderai rien pour moi. En attendant, tâche de gagner quelques jours pour me laisser le temps de finir mon enquête.

— Ces messieurs de Draguignan s'impatientent !

— Invente, nom de Dieu ! Laisse entendre que, tout compte fait, les choses ne sont pas si simples. Gratte voir autour de Gibous, il me semble me souvenir que, à une époque, il est monté en alpage avec l'Eugène... Cuisine encore Odilon qui est trop poli pour être honnête. Va voir à Castellane, fais bavarder les gens, cet Amédée ne me dit rien de bon, si tu veux m'en croire, celui-là est droit comme mon bras quand je me mouche...

Machavoine leva les yeux au ciel.

Avant de sortir du bureau, Barthélemy lui lança :

— Eh, collègue, dis voir un peu à tes gendarmes de ne pas être trop familiers avec la petite, elle est honnête. Et demande-toi si ça ne serait pas possible de la laisser revenir s'occuper de son fils !

19

Nanti de quelques renseignements fournis par le brigadier Machavoine, Barthélemy entama aussitôt son long voyage. Il le commença sur le quai de la jolie petite gare de Callian pour atteindre celle de Meyrargues, d'où il prit enfin un autre train qui l'amena à Marseille. Il arriva à la gare Saint-Charles dans la soirée du lendemain et se dirigea aussitôt vers le rocher de Notre-Dame au pied duquel se niche Endoume, quartier marchand où se trouvait le commerce de vins d'Eugène Marcou.

Le magasin existait encore mais il était hélas fermé quand Barthélemy le découvrit. Il choisit alors de se donner le temps de réfléchir dans ce nouveau lieu et d'y lier, pourquoi pas, quelques utiles connaissances. Il traversa la rue et prit place sur la terrasse du troquet d'en face. Le matin même, le mistral s'était en allé, à présent l'air était doux et chaud.

Il commanda un pastis puis il observa la porte et les fenêtres de la boutique d'Eugène. Un large panneau couleur vinasse en donnait le nom : *Les Grands Vins du Languedoc.* Barthélemy remarqua immédiatement que le récent ravalement de la façade ne concernait que la boutique et la première rangée de fenêtres, le reste de l'immeuble demeurant gris et poussiéreux. Il en déduisit que le magasin occupait non seulement le rez-de-chaussée mais aussi le premier étage. Derrière les vitres sales brûlait encore une lumière suspendue au-dessus d'un profil de femme penché vers un bureau. Barthélemy s'en réjouit vivement. Il n'aurait pas à attendre le lendemain pour interroger une personne attachée au service d'Eugène Marcou. Il se cala contre son dossier et s'étira voluptueusement jusqu'à ce que les derniers rayons du soleil s'en viennent caresser ses jambes fatiguées.

La nuit s'annonçait lorsque la lumière s'éteignit enfin. Peu après, l'employée sortit par une petite porte, qu'elle ferma à clef. Barthélemy se dressa de sa chaise aussitôt.

« Je m'en vais d'abord la suivre, je l'aborderai plus tard », se dit-il en mettant ses pas dans les pas de la femme qui trottait devant lui. Celle-là, âgée d'une bonne cinquantaine d'années, portait un tailleur bleu et un petit chapeau du même ton penché sur la tempe. Bien que rondelette, elle remonta allègrement la rue d'Endoume, traversa en courant le boulevard de la Corderie, puis obliqua tout aussi prestement vers la pente vertigineuse de la rue de la Croix. Barthélemy, bien moins leste qu'elle, la rattrapa juste au moment où elle s'apprêtait à pénétrer dans une petite maison coincée entre deux opulents étalages de poissonnerie.

Ce fut tout haletant, chapeau à la main, qu'il l'apostropha :

— S'il vous plaît, madame !

La femme se retourna sans manifester d'impatience. Elle avait un visage avenant et une bouche toujours prête à sourire.

— Je cherche une boutique qui s'appelle « Les Grands Vins du Languedoc ».

Elle lui en indiqua le chemin avec bonne humeur, en ajoutant d'une voix chantante :

— A présent, c'est fermé, je le sais bien puisque j'y travaille !

Barthélemy prit une mine défaite, comme sous le coup d'une grande déconvenue :

— Fermé, déjà ? Monsieur Marcou n'y est donc pas ? Coquin de sort, moi qui voulais tant lui serrer la main ! Je suis Barthélemy, son ami du régiment. Puisque vous le connaissez, il vous a sûrement parlé de moi...

Barthélemy donna à ses yeux un bon regard de chien fidèle. La femme prit une mine attristée pour répondre :

— Boùdieu, mon pauvre monsieur, vous aurez bien du mal à lui serrer la main, peuchère, vu qu'il est mort il y a quelques jours...

— Coquin de sort ! Eugène est mort ?

— Vouïé, assassiné par son valet !

Barthélemy s'obligea à rester quelques instants yeux exorbités et bouche ouverte avant de se lamenter :

— Fatalité ! J'ai donc fait toute cette longue route

pour rien... Eugène était mon collègue depuis toujours, nous étions du même pays et nous avons fait l'Afrique sur les bateaux ensemble... Voilà quinze ans que je ne l'ai pas vu, car j'étais au Venezuela... J'aurais tant aimé lui serrer la main... Assassiné ? Fan ! Ça alors, c'est pas Dieu possible !

— Fatalité, répéta la femme.

Barthélemy se débattait à la recherche d'un prétexte pour ne pas laisser se briser l'entretien, l'idée lui vint alors que la femme ouvrait son sac pour y prendre ses clefs :

— Savez-vous où il est enterré, que j'aille quand même lui dire ma peine ?

— Pauvre, lui dire votre peine... Vous ne le pourrez pas de sitôt, peuchère, vu qu'ils l'ont mis dans une glacière, là-bas, à Draguignan, et qu'on va l'estriper, histoire d'en savoir plus...

La femme était entrée dans son immeuble. Elle s'arrêta devant une porte qui faisait face à celle de la concierge. Bien qu'elle fût, à coup sûr, de nature aimable et compatissante, elle avait visiblement hâte de se retrouver dans son intimité.

— Si vous voulez que je vous explique toute l'affaire, entrez quelques instants, fit-elle au moment même où Barthélemy croyait sa cause perdue.

Son logement était modeste. Il ne se composait que d'une cuisine prolongée par une étroite alcôve qui devait servir de chambre à coucher. Elle fit asseoir Barthélemy au bord d'une petite table en bois de frêne puis, sans gêne aucune, elle ôta son chapeau et échangea ses escarpins contre des mules de satin bleu qu'elle enfila en poussant des petits gémissements de satisfaction voluptueuse.

— J'ai des oignons aux pieds, vous ne pouvez pas imaginer ce que ça fait du bien de les laisser se dégourdir un peu...

Elle rit aux éclats comme pour brouiller son aveu. Son rire avait quelque chose de radieux, comme un rayon de soleil d'août. Charmé, Barthélemy la regarda se hisser sur la pointe des pieds afin de dénicher deux verres et une bouteille de pastis dans un placard suspendu trop haut. Quand elle lui fit face, il remarqua son teint frais et ses jolis yeux noisette teintés de doré.

— Je n'ai plus guère de place où ranger mes affaires, s'excusa-t-elle. Avant, j'habitais le joli logement du troisième, hélas, mon pauvre mari est mort l'année dernière...

— Désolé, dit poliment Barthélemy.

Elle remplit les verres.

— Eh oui, misère de nous autres...

Elle s'installa de l'autre côté de la table et prit une mine lugubre.

— Eh oui, Eugène... Qu'est-ce que je pourrais vous dire, mon bon monsieur... Bonne mère... De le savoir mort, ça me met la tête à l'envers... C'était un excellent homme, allez, le meilleur patron de Marseille. Jamais un mot plus haut que l'autre... Nous autres, on l'aimait bien, on pensait que ça durerait toujours et voilà que, tout d'un coup, il vend son affaire et s'en retourne chez lui, là-bas, au diable, pour se faire assassiner dans ce pays de malheur !

— Il a vendu son affaire ?

— Eh bien oui, peuchère... Pauvres de nous, on n'aurait jamais cru une chose pareille ! Ici, il était bien tranquille, la boutique marchait toute seule. Je le sais bien vu que c'est moi qui fais les comptes...

Elle se tamponna les yeux du dos de la main tandis que Barthélemy hochait tristement la tête.

— Misère de nous autres ! Un homme si tranquille... et pas fier.

— Et sa femme ? Il s'était remarié, il me semble ?

— A ce qu'il paraît, avec une mistouline qui lui a donné un petit. N'empêche qu'il revenait souvent voir son amie de toujours, Mireille qu'elle s'appelle. Elle tient un bar, rien qu'un bistrot planté à deux pas d'une petite calanque. Vous le savez sûrement, Eugène était un bon pêcheur... Le plus clair de son temps, il le passait dans sa barque dans la madrague de Montredon... Il était marin avant tout. Qu'est-ce qui lui a pris de quitter tout ça pour aller s'enterrer dans une campagne d'où on ne voit même pas passer les bateaux !

— A Montredon ? Qu'es acco Montredon ?

— Un petit port de pêche, par là en face de Pomègue...

D'un geste gracieux, elle tendit sa main en direction de l'unique fenêtre.

— Un petit coin de paradis, rêva-t-elle.

Puis, changeante comme un temps de printemps, elle murmura lugubrement :

— Misère de nous autres.

Chaque fois qu'elle prononçait ces mots pleins de

souffrance, elle gonflait les lèvres, battait des paupières et secouait ses bouclettes. A l'entendre et à la voir, Barthélemy s'attendrissait chaque fois un peu plus. Bien que d'âge mûr, cette femme avait gardé ses grâces de chatounette. A la suivre des yeux, à l'écouter dire « misère de nous autres », il en oublia quelque peu son enquête. La nuit les surprit alors qu'ils parlaient de Marseille et de ses innombrables beautés.

Comme il ne voulait pas, en s'attardant, devenir importun, Barthélemy remercia sa charmante hôtesse et prit congé.

« Je reviendrai », se surprit-il à décider lorsque, au moment de partir, elle épousseta sans y prendre garde le revers de sa veste d'un geste coutumier.

— Vous attrapez la poussière comme mon mari ! rit-elle en rougissant soudain de sa familiarité.

« Je reviendrai », se répéta-t-il lorsqu'il se retrouva seul dans l'étroit couloir de l'immeuble. Il ne chercha pas à s'expliquer d'où lui venait cette soudaine envie ni quel serait son prétexte, il reviendrait. Il passa sa main sur le revers de sa veste. Il reviendrait, la chose était sûre.

Avant de quitter l'endroit, il s'attarda devant la boîte aux lettres de la si sympathique comptable d'Eugène. Il lut sur l'étiquette : *Madame veuve Adrien Chautard.*

Il s'en détourna, déçu, il aurait préféré apprendre le prénom de l'aimable personne qui disait si gentiment « misère de nous autres » en secouant sa chevelure.

20

Giuseppina n'était repartie pour sa geôle que depuis la veille et, déjà, Maria n'arrivait plus à consoler le petit Camille. Du matin au soir, l'enfant gémissait comme un louveteau arraché aux mamelles de sa louve. La brave femme le couvrait de baisers, sa fille lui offrait son sein, mais rien ne parvenait à le distraire de son regret. Il s'endormait, semblait-il pesamment, puis il s'éveillait en pleurant, comme si l'odeur de sa mère eût été essentielle à son repos.

— Santa Maria, faites quelque chose, gémissait Maria. Ce petit va mourir d'estransi si sa mère ne revient pas bientôt !

Et comme Maria était une femme pleine de toupet et d'énergie, elle décida de ne plus se gâter le sang à se désespérer sans cesse. Puisque Giuseppina ne pouvait venir à lui, c'est l'enfant qui irait à elle.

— Ce petit a bien le droit de rendre visite à sa mère comme tout le monde ! Il ferait beau voir qu'on l'en empêche !

Tout en se préparant, Maria fit le compte de tous

les excès auxquels elle se livrerait si les gendarmes ne lui donnaient pas raison. Elle langea Camille de propre en lui susurrant mignonnement :

— Allez, viens, pitchoun, on s'en va voir ta maman. Gare aux carabiniers ! S'ils se mettent en travers, je leur arracherai les oreilles et le reste, si, toutefois, ils ont quelque chose dans leur pantalon !

Camille parut comprendre, il cessa de pleurer pour gazouiller. Bien qu'il fût déjà grand et lourd, Maria le mit ensuite dans un drap qu'elle noua par-devant sur sa poitrine et elle s'élança sur le chemin. Elle avait bien dix kilomètres à faire, tout en montées et en descentes, mais cela n'arrêta point une femme qui, lorsqu'elle avait dix ans, charriait des pierres et des seaux à travers les champs arides de Calabre.

Quand, vers onze heures, Maria arriva devant la gendarmerie, elle se heurta, par bonheur, au brigadier Machavoine.

Le malheureux avait passé une des plus mauvaises nuits de sa vie de gendarme et les affres de l'insomnie creusaient son visage de rides sombres. Ses dernières investigations n'avaient rien apporté d'intéressant. Jean niait tout en bloc et dépérissait, Giuseppina pleurait sans cesse tandis que les paroles de Barthélemy lui revenaient en mémoire pour le martyriser un peu plus. Le malheureux se sentait bien seul en compagnie de sa conscience hésitante et de ses pitoyables prisonniers.

A la vue de Maria implorante, à l'entendre gémir et maudire la terre entière jusqu'à faire trembler les murs, il se sentit plus mal encore. Il résista à sa demande un long moment puis, à bout de contradictions profondes, il céda enfin et fit venir Giuseppina dans le bureau.

Suivit alors une scène déchirante, une tragicomédie à l'italienne où pleurs et rires se mélangeaient et succédaient aux invocations, aux dévotions et aux litanies reconnaissantes lancées vers les cieux. Les deux femmes sanglotaient tout en se donnant puis en se reprenant l'enfant qui riait et battait des mains. Les éclats de voix et de rire passaient au travers des fenêtres et alertaient les badauds.

Réfugié derrière son bureau, le brigadier Machavoine, ému mais bourru, lissait sa moustache avec patience et impatience. A cet instant-là, il aurait volontiers démissionné.

Lorsque, lassé du tintouin abominable, il donna le signal de la séparation, ce qui devait arriver arriva. Les pleurs, les cris et les supplications des deux femmes montèrent de plusieurs tons jusqu'à l'hystérie, si bien que Camille, apeuré, abreuvé de vacarme, se mit à hurler de si belle manière qu'un attroupement se fit dans la rue. Le brigadier dut faire appel à ses collègues pour mettre Maria et l'enfant dehors et reconduire Giuseppina dans sa cellule.

Dès le premier instant, Jean avait entendu des voix s'élever et avait reconnu celle de Giuseppina entre toutes. Il avait tendu l'oreille en essayant d'imaginer ce qui se passait. Les cris de joie disaient bien qu'on libérait la mère afin de la rendre à son petit. Un bonheur fou le saisit lorsque lui parvinrent les cascades cristallines du rire de Camille.

« Sûr qu'il rit, il est content, pardi ! »

Et, serré contre les barreaux de sa geôle, il avait senti son cœur tressaillir de plaisir.

Mais si, une fois la porte du bureau refermée, il n'avait pas pu entendre la totalité de la scène des retrouvailles, celle de la séparation, hélas, par sa violence, ne lui échappa pas. Entre les sanglots, les cris de révolte et les invectives, il avait surtout été bouleversé par les hurlements d'une Giuseppina désespérée. Il s'était trompé, rien ne changerait jamais. Et, comme un château de cartes qui s'effondre, toutes ses belles résolutions d'infinie patience, d'inébranlable passivité et de sagesse se diluèrent, et il se mit à hurler avec rage :

— Rendez-lui son fils ! Vous n'avez pas le droit ! Bande de sauvages !

Et puis, plus doucement, alors que les gendarmes passaient devant lui :

— J'avoue, c'est moi qui ai tué Eugène ! Laissez-la partir pour s'occuper du petit, elle n'a rien fait.

La confession de Jean dura un quart d'heure à peine. Il la laissa filer d'entre ses lèvres d'un ton monocorde, comme un enfant dit sa récitation.

« Quand, après la soupe, je suis allé me coucher, Eugène m'attendait assis dans un coin de la remise.

— A la fin de la moisson, tu t'en iras ! a-t-il dit.

— Et pourquoi ? j'ai répondu.

— Parce que tout le monde bavarde. J'en ai assez d'entendre dire que tu fricotes avec ma femme et que mon enfant est le tien.

— Bien sûr qu'il est le mien et c'est bien pour ça que je ne m'en irai pas. Une promesse est une promesse. Je resterai ici !

— Si tu ne fous pas le camp tout de suite, je dirai aux gendarmes que tu m'as volé de l'argent. Ils t'enverront au bagne, comme ça, tu n'emmerderas plus personne !

Alors, nous nous sommes battus. Quand je me suis jeté sur lui, Eugène m'a pris à la gorge et a voulu m'étrangler. J'ai tendu la main... Contre le mur, il y avait la serpette... Je l'ai prise et je lui ai donné un coup sur le crâne, juste pour lui faire desserrer les mains.

Plus tard, j'ai attelé le mulet puis j'ai mis Eugène dans la charrette et je suis allé le jeter au puits du Plan. J'ai fait cela tout seul, Giuseppina n'a rien entendu, elle dormait couchée sur la table, comme elle vous l'a dit. Elle était si fatiguée, peuchère... Sinon elle serait venue voir ce qui se passait... Quand je suis rentré, j'ai lavé la serpette et le plancher de la charrette. Pour ne rien laisser voir, je l'ai gratté de la pointe de mon couteau. »

Jean du Casteloun signa ses aveux d'une croix.

Quand il libéra Giuseppina, le brigadier n'osa pas parler des aveux de Jean, il lui dit seulement :

— Tu es libre, allez, va vite retrouver ton petit !

— Et Jean ?

— Nous le gardons encore.

— Et pourquoi ? Il est innocent.

— Va, te dis-je ! Barthélemy sera content.

— Vrai ? Il est venu vous voir ?

— Vouïé.

Cette nouvelle lui donna de l'assurance, elle insista :

— Je veux que Jean vienne avec moi !

Le brigadier se dressa d'un seul coup de sa chaise et prit une mine terrible :

— Va, te dis-je, nom de Dieu !

Giuseppina s'enfuit sans pouvoir imaginer une seconde à quel sacrifice abominable elle devait sa libération. Elle s'enfuit sans oser questionner encore, un grand espoir au ventre, craignant par-dessus tout que le brigadier ne revienne sur sa décision.

21

Dès l'aube du lendemain, Barthélemy partit en tramway pour le petit port qui se niche entre Montredon et Mont-Rose. Il y arriva vers neuf heures. L'endroit, effectivement, était paradisiaque.

Il erra, l'air de rien, un moment dans les étroites ruelles pentues et n'eut aucun mal à repérer deux bistrots. Le premier, situé rue des Arapèdes, s'appelait La Rascasse et, pour y pénétrer, il fallait écarter un rideau de perles. Le second, situé rue Saint-Roch, s'appelait La Tartane, sa porte fermée et voilée de dentelles semblait vouloir préserver la tranquillité des consommateurs. A la devanture de la Rascasse, il y avait un étalage de coquillages et de poissons. A celle de la Tartane, un panneau écrit à la main apprenait qu'on pouvait y trouver des « chambres à louer et du manger à toute heure ».

Barthélemy entra d'abord à la Rascasse, il s'accouda au bar et commanda une anisette. A sa droite, deux hommes en gilet noir faisaient une partie de dominos. Lorsque la serveuse d'allure revêche s'approcha de lui, il éclaira naïvement le bleu de ses prunelles.

— Eugène Marcou est ici ?

— Non, il n'y vient jamais.

La femme l'avait à peine lorgné, elle se détourna pour empoigner un verre sale.

— C'est donc à l'autre café là-bas, La Tartane ?

— C'est ça.

Barthélemy décida de finir son verre. Il étala son sourire sur son visage.

— C'est pas trop de deux bistrots pour un si petit endroit ? demanda-t-il avec naïveté.

— Ici, c'est seulement pour les pêcheurs.

Les joueurs de dominos se tournèrent vers le comptoir.

— Et l'autre ?

La femme fit luire ses yeux méchamment.

— Y paraît que c'est pour les marins de la marine !

Le ton était cinglant. Pourtant, la phrase eut pour effet de déclencher le fou rire des joueurs de dominos.

Barthélemy en déduisit qu'une belle jalousie existait entre les gens de la haute mer et ceux de la basse mer. La concurrence entre les deux établissements ne devait pas manquer d'animer de querelles le quartier.

Barthélemy se rendit à la Tartane d'un pas paisible. En passant d'un lieu à l'autre, il se régala du spectacle des barques bariolées et de la caresse du soleil sur les montagnes de rochers. Il s'arrêta devant le second café et jeta un œil entre les rideaux, l'endroit était désert. Une vieille femme apparut lorsque, en entrant, il affola le carillon suspendu au-dessus de la porte.

Quelque chose d'indéfinissable rendait ce bistrot-là différent de l'autre, un aspect plus propre et de meilleur goût, une pénombre rafraîchissante lui donnaient une ambiance intime et secrète. Hormis quatre tables de fer, trois hauts tabourets placés devant le bar facilitaient la conversation entre les consommateurs.

— Monsieur Eugène Marcou ? demanda Barthélemy dès qu'il se fut hissé au sommet de l'un des sièges.

La serveuse s'immobilisa et demeura un long moment figée, se demandant probablement ce qu'il convenait de répondre. Des cheveux gris et sales pendaient autour de son visage sans grâce.

— Qu'est-ce que vous lui voulez ?

— Je suis son ami, Barthélemy de Callian. Je suis de retour après trois mois passés au Venezuela. J'aimerais bien lui serrer la main.

— Eugène est mort, souffla-t-elle en se détournant.

— Mort ?

Barthélemy s'efforça de rejouer la même scène pathétique qui, la veille, avait su émouvoir la jolie veuve. La vieille femme s'attendrit, elle aussi, devant sa mine chagrine. Elle devint moins sévère et, sans se faire prier, elle raconta ce qu'elle savait de l'affaire :

— C'est le valet de ferme, conclut-elle. Il a enfin avoué, c'est dans le journal de ce matin.

Barthélemy sursauta. Trop pressé de venir renifler sa piste jusqu'à la Tartane, il avait négligé de s'intéresser à la presse. La femme sortit *Le Provençal* du dessous du comptoir :

— Vé, c'est en première page.

LE VALET DU GRAND CHÊNE AVOUE ENFIN SON CRIME, disait la une. Suivaient quelques explications qui pouvaient se résumer ainsi : « J'ai tué Eugène Marcou parce qu'il voulait me jeter dehors... Madame Marcou ne s'est doutée de rien, j'ai fait ça tout seul. »

En conséquence de ses aveux, Jean avait été inculpé d'homicide volontaire et incarcéré à la prison de Draguignan. Quant à Giuseppina, elle avait été aussitôt relaxée.

Barthélemy n'eut aucune peine à prendre la mine abasourdie qui convenait à l'absurdité de la situation. Le journal sur les genoux, il semblait anéanti et il l'était réellement. Il dut se faire violence pour ne pas perdre la notion du temps qui passait et en revenir très vite à son enquête. La femme ne s'était pas éloignée, les yeux humides, elle reniflait à petits coups. Il questionna encore :

— Vous connaissiez bien Eugène ?

— Bien sûr... Ça fait bientôt trente ans que je sers au bar.

Le carillon de la porte tinta et un matelot entra.

— Bonjour, Julius.

— Bonjour, Mireille.

Le jeune marin s'installa sur le tabouret voisin de

celui de Barthélemy et commanda un verre de vin rosé.

— T'as lu le journal ?

— Vouïé, c'est mieux comme ça. On va enfin pouvoir couper la tête de ce saligaud...

Mireille acquiesça.

— Honoré n'est pas venu ? reprit l'autre.

— Pas encore.

Puis ils se turent. Le marin but, s'essuya les lèvres, remit son béret à pompon sur sa tête et sortit. Barthélemy laissa passer un moment de silence puis il en revint à ce qui ne cessait de le tracasser depuis son arrivée à Montredon. Il demanda gentiment :

— C'est pas trop, deux bars, pour ce petit port ?

La femme redressa son dos pour répondre :

— Ici, c'est pour les gars de la marine. Là-bas, c'est pour les pêcheurs.

Barthélemy sourit d'un air entendu. Il se souvint qu'Eugène Marcou avait fait son service dans la marine. En ce temps-là, on disait même qu'il avait servi sur le vaisseau qui emmenait Savorgnan de Brazza au Congo.

— Eugène était un bon marin, confirma-t-il. Il avait fait l'Afrique...

— Trois fois, acquiesça Mireille.

— Mais il pêchait aussi...

— Eh oui...

Et soudain, comme si le savoir de l'inconnu effaçait ses dernières craintes, elle se détendit et laissa apparaître un peu d'amitié dans ses yeux. Barthélemy ne voulut pas profiter goulûment de cette confiance toute neuve. Il se replongea dans l'article du journal puis il osa dire en bougonnant :

— Je ne crois pas à cette histoire... Voyez-vous, moi, je suis de là-bas, de Callian, je connais tout le monde. Je connais ce valet de ferme dont on parle, ce Jean... Je l'ai vu naître... C'est un bon gars, Eugène l'aimait bien. Je n'arrive pas à croire qu'il ait pu lui faire une chose pareille... S'engueuler un peu, oui... Le coup de serpette, non.

Mireille s'immobilisa, paupières grandes ouvertes.

— Et qui ce serait alors ?

— Je ne sais pas, moi, quelqu'un qui lui voulait du mal...

Il s'attendait à l'entendre émettre des doutes ou protester vigoureusement, mais elle laissa échapper un regard plein de connivence.

— Il avait des ennemis ? insista Barthélemy.

— Qui n'en a pas ?

— Celui qui a fait ça est sûrement un sale bonhomme... Eugène, lui, était honnête.

Il patienta un peu puis jeta :

— Pensez donc... Maintenant que le petit jeune est en prison pour de bon, le vrai assassin doit fêter ça... boire un coup à la santé du pauvre Eugène et des pauvres de nous !

Barthélemy cracha son dégoût par terre avant de relever les yeux vers Mireille.

— Y a certainement quelqu'un qui lui en voulait beaucoup. Pensez un peu la belle rage qu'il faut avoir pour faire une chose pareille...

Immobile, visage tendu, la servante paraissait hésiter.

— Peut-être bien que vous avez raison, dit-elle enfin. Figurez-vous qu'un soir, il y a un bon moment de cela mais je m'en souviens comme si c'était hier, il est venu un gars qui n'était pas d'ici... Il s'est assis là, juste où vous êtes. Dehors, il pleuvait la mer et les poissons. Le bonhomme a demandé après Eugène. « L'est pas là », que j'ai dit. « L'attendrai », qu'il a répondu avec un sourire malin. Quand, une bonne heure plus tard, Eugène est arrivé de retour d'une partie de pêche, moi, j'en ai profité pour lui laisser le bar et faire cuire la soupe vu que c'était l'heure de dîner. Je n'ai pas entendu ce qu'ils se disaient mais, quand je suis revenue, ils se battaient comme des chiens enragés. « Tu la fermeras, ta gueule », disait Eugène... Il a, comme qui dirait, à moitié assommé l'autre puis il l'a foutu à la porte et a fermé le bar à clef. Il était comme fou, les yeux lui sortaient de la tête.

— Qu'est-ce qu'il vous a dit alors ?

— Rien, il a mangé sa soupe en faisant le mourre puis il est parti. Il m'en a jamais reparlé et moi, Dieu garde, j'en ai pas reparlé non plus.

— C'était quand ?

— Boùdieu, il y a bien longtemps... C'est la seule fois de ma vie où j'ai vu Eugène se battre. C'était l'hiver. Un dimanche, ça je m'en souviens.

— Il était comment ce bonhomme ?

— C'était pas un marin, dit-elle.

— Et puis ?

— Il n'était pas d'ici, sûr, mais il parlait provençal

quand même. J'ai guère eu le temps de l'espincher, j'avais trop à faire.

— Grand, petit ? Les yeux foncés ou clairs ? Et les cheveux ?

Elle fit un effort :

— Il n'était pas habillé comme à la ville.

— Quoi encore ?

Elle s'accouda et mit ses mains rougies sur ses yeux pour mieux revivre la scène :

— Il était plus petit qu'Eugène ! s'écria-t-elle.

Avant de s'en aller, Barthélemy remercia chaleureusement Mireille :

— Merci de m'avoir aidé, lui dit-il. Je m'en retourne au pays mais, aussi vrai que je m'appelle Barthélemy Gabriel, je retrouverai la saloperie qui a tué ce brave Eugène !

Barthélemy était sincère, plus il avançait dans son enquête, plus il se prenait d'amitié pour Eugène Marcou.

Une fois hors de la Tartane, il fit deux pas vers la mer comme pour mieux se rassasier de son chant et de sa lumière. Les oiseaux blancs dansaient un ballet au-dessus des barques de pêche. Planté debout, lourd comme un chêne, il se laissa gagner par un étrange bien-être. Ce fut à cet instant qu'il entendit venir à lui des pas précipités. Mireille le prit par la manche et l'entraîna de force vers le bistrot.

— Vous êtes un brave homme, souffla-t-elle, alors

je m'en vais vous dire quelque chose que je n'ai dit à personne.

D'une poussée, elle le fit asseoir à une table avant de se laisser tomber sur une autre chaise. Ses mains jointes tremblaient quand elle murmura près de son oreille :

— La dernière fois qu'il est venu, cela fait quinze jours à peine, Eugène m'a donné une enveloppe en me disant : « Ecoute bien, Mireille, le deuxième jour de septembre, le deuxième, entends-tu, pas le premier ni le troisième, tu posteras cette lettre. En attendant, tu la gardes bien cachée et tu ne la montres à personne. A personne, entends-tu ? » Il avait l'air joyeux, tout excité mais content. « Je te demande cela parce que je pars en voyage pour quelque temps. Va, t'inquiète pas, je te donnerai bientôt de mes nouvelles ! » Comme il me l'avait demandé, j'ai posté la lettre hier. Dessus, il y avait écrit : « Monsieur Jocelyn Ridelle, Gours d'Olives, Callian. »

Barthélemy ouvrit de grands yeux stupéfaits.

— Je le connais, dit-il, c'est Gibous, le voisin d'Eugène.

Son cœur battait rudement, l'enveloppe était en route vers la maison de Gibous. Il fit un rapide calcul. S'il se précipitait, il arriverait à Callian en même temps qu'elle. Qu'est-ce qu'Eugène pouvait bien avoir à adresser par la poste à un voisin si proche ? Pourquoi ce délai avant de poster une lettre qu'il aurait pu donner lui-même ? Quoi qu'il en soit et quel que soit son contenu, Barthélemy se dit qu'il tenait enfin un élément matériel de grande importance.

— L'enveloppe était grosse et lourde comme un petit paquet, ajouta Mireille. Il m'a fallu y mettre trois timbres.

— Eugène vous a-t-il téléphoné depuis ?

— Bé, non, puisqu'il est mort, peuchère !

22

Barthélemy revint vers Endoume d'un pas guilleret. Il restait quatre heures avant le départ de son train, il disposait donc d'assez de temps pour rendre une autre visite à la jolie veuve. Voilà qui le mettait de bonne humeur !

Cela faisait cinq longues années qu'il était veuf et c'était la première fois qu'il se surprenait à rêver d'une autre femme que la sienne.

« A cette heure-là, sûr qu'elle sera chez elle… Ensuite, je me rendrai à la gare Saint-Charles et, une fois installé sur ma banquette, j'aurai tout le temps de mon long voyage pour réfléchir… »

Barthélemy s'imagina pénétrant dans la cuisine proprette de la jolie veuve. S'il se montrait de bonne compagnie, elle le garderait certainement jusqu'à l'heure du départ du train. Il chercha à justifier la satisfaction émue qu'il éprouvait à l'idée de se retrouver dans le minuscule logis de la comptable d'Eugène :

« Je ne peux pas quitter cette pauvre femme sans lui

dire adieu, ça ne serait pas correct. Il faut aussi que je lui dise la vérité, qui je suis réellement et ce que je suis venu faire à Marseille. Il ne serait pas convenable de la laisser dans le mensonge... »

« Il me faut aussi connaître son petit nom... » se dit-il en descendant du tramway. Il tenta de le deviner : Madeleine ? Joséphine ? Suzanne, peut-être ?

Comment murmurer des mots doux à une femme sans y associer son prénom ?

Madame veuve Adrien Chautard était bien chez elle et fit bon accueil à Barthélemy.

— Quelle surprise ! Entrez donc, cher monsieur. C'est gentil de revenir me voir. Té, je pensais justement à vous...

— Je suis venu vous remercier, balbutia Barthélemy en piétinant sur le seuil. Et puis aussi vous dire adieu, je repars...

Elle fit semblant de ne pas l'entendre :

— Entrez, entrez donc, insista-t-elle.

Exactement comme il l'espérait un instant plus tôt, Barthélemy pénétra dans la cuisine de la jolie veuve. Elle le fit asseoir précisément à la place où il s'était imaginé être. Tandis que, gracieuse, elle s'affairait, allant et venant, gazouillant et riant, le brave homme n'en finissait plus de se demander comment il allait s'y prendre pour connaître enfin son prénom.

Elle lui servit un pastis.

— Savez-vous que, hier au soir, en pensant à vous... dit-elle.

Barthélemy frémit, elle avait pensé à lui... au même instant où il avait pensé à elle, peut-être ?

— ... j'ai eu l'idée de rechercher une photographie que nous avons prise dans la cour, un jour où nous faisions la fête au bureau. On y voit bien Eugène. Cela vous ferait-il plaisir de la voir ?

— Bien sûr !

Elle était rieuse et vive. Elle ouvrit un tiroir, en sortit un album qu'elle étala prestement sur la table avant de le pousser vers lui. Elle frôla légèrement sa manche lorsqu'elle tourna les premières pages puis elle se pencha au-dessus de son épaule, désigna du doigt une large photographie et dit :

— Té, la voilà ! Devinez donc où il est... Peuchère, c'est difficile... Il avait beaucoup changé ces derniers temps, les soucis...

Barthélemy ne perdit pas son temps à tenter de reconnaître Eugène qu'il ne connaissait guère. Par contre, il s'empressa de la chercher, elle.

— Vous êtes là ! s'exclama-t-il.

Elle se récria :

— Laissez donc, je suis mal coiffée, je suis affreuse.

Barthélemy leva son bon regard de cocker vers elle.

— Je vous trouve très belle.

Elle rougit, faussement modeste.

— Voyons maintenant où se trouve Eugène... Il est là, souffla-t-elle en posant son doigt sur un grand gaillard abondamment moustachu, vêtu d'un costume clair et d'une lavallière.

— Vrai, comme il est élégant !

— Il l'était toujours. Parfois, il me disait : « Voyez-vous, Georgette... »

Barthélemy n'entendit pas l'anecdote qui suivit. Comblé, il souriait aux anges, la jolie veuve s'appelait donc Georgette...

Ce fut en partageant un plat de poivrons farcis que Barthélemy osa confier à Georgette qui il était vraiment et ce qu'il était venu faire à Marseille :

— En réalité, voyez-vous, madame, je suis un gendarme à la retraite...

— Comme mon père ! s'exclama-t-elle sans s'offusquer plus que ça de la grossière tromperie que, la veille même, il lui avait dite.

Un étrange calme s'empara alors de Barthélemy, une totale assurance effaça toutes ses précédentes craintes. Il exposa sereinement les détails de l'affaire en insistant sur le triste sort de Giuseppina et sur la promesse qu'il lui avait faite :

— Je dois sauver ces deux jeunes gens en découvrant le vrai coupable. Voilà pourquoi je suis venu jusqu'ici, sur les traces d'Eugène...

— ... grâce à quoi nous nous sommes rencontrés ! s'exclama-t-elle.

Leurs yeux ravis se croisèrent.

Pour cacher son trouble, Barthélemy sortit le journal de sa poche.

— Voyez-vous, le jeune homme dont on parle n'est pour rien dans cette histoire. La femme non plus, bien sûr. Il y a sûrement un autre personnage. M'aiderez-vous à le trouver ?

— Bien sûr !

— Alors, fouillez dans votre mémoire et dites-moi si, ces dernières années, il ne se serait pas passé quelque chose de bizarre...

Elle n'hésita pas un instant :

— Quand Eugène est parti d'ici pour vivre à Callian, cela nous a tous étonnés, étant donné qu'il disait toujours qu'il n'aimait pas la campagne et qu'il n'y retournerait jamais. Sûr qu'il n'a pas vendu son affaire de bon cœur, autre que triste, il était vraiment désolé quand il nous a dit adieu... Il en pleurait presque.

— Qui a acheté Les Grands Vins du Languedoc ?

— Un monsieur Boudigue, de Plan-de-Cuques... Un ancien client qu'on connaissait déjà, un brave homme...

Barthélemy fit la grimace, le fil qu'il croyait tenir ne menait à rien.

— Durant ces dernières années, avez-vous vu quelqu'un rôder dans les bureaux, quelqu'un qui n'avait rien à y faire ?

— Quelqu'un qui ne serait pas d'ici ?

— Oui.

Elle mit ses mains sous son menton et resta quelques instants le nez en l'air.

— C'est curieux que vous me demandiez cela... Figurez-vous qu'une fois, à la sortie des bureaux, alors que je marchais à quelques pas derrière lui, Eugène a brusquement traversé la rue sans même faire attention aux automobiles. Il a boitillé aussi vite qu'il pouvait, pauvre, comme si le diable lui courait derrière !

— On le poursuivait ?

— Il me semble bien. Tout en se dépêchant, il a regardé plusieurs fois par-dessus son épaule. Qui c'était, je ne pourrais pas le dire, les rues étaient pleines de monde.

Elle fronça le front.

— Mais un mois plus tard, il me semble, un homme s'est présenté au bureau et a demandé après Eugène. « De la part de qui ? » j'ai demandé. « D'une vieille connaissance », a répondu l'homme. Quand je lui ai répété cela, Eugène est devenu blême : « Dites à ce monsieur de m'attendre en bas. » Puis il a laissé tout en plan, il a mis son chapeau et il est sorti précipitamment. Le bonhomme l'attendait sur le trottoir d'en face. C'était un petit nerveux avec une casquette, un de ces fainéants qui ont toujours les mains collées au fond des poches. Ils ne se sont pas salués amicalement, ça, vous pouvez le croire. Ils sont partis ensemble, le petit parlait, Eugène ne répondait pas. A sa façon de marcher, j'ai bien compris qu'il était furieux. Ils ont tourné à l'angle du boulevard.

— Il y a longtemps de cela ?

— Boùdieu... Je ne me rappelle plus, il y a au moins six ou sept ans... Il avait déjà perdu sa première femme.

Le temps passait agréablement. Barthélemy se sentait rasséréné, en plus du plaisir qu'il avait à bavarder avec Georgette, son enquête avançait puisque Eugène prenait vie par petites touches. Il pouvait l'imaginer sans peine maintenant. C'était un beau gaillard, avisé marchand de vins, qui, le dimanche, partait pêcher à Montredon où l'attendait Mireille. De loin en loin, il revêtait ses habits de paysan pour revenir au pays. Il restait attaché à la maison de ses parents, lui avait dit Georgette.

— Il ne savait que faire pour nous être agréable, avait-elle ajouté. Nous étions sa famille en quelque sorte. Cela semblait bizarre à certains... notre représentant, qui a une mauvaise langue, disait : « Trop beau pour être honnête, on dirait qu'il a quelque chose à se faire pardonner. »

Quand l'heure du départ arriva, Georgette insista pour accompagner Barthélemy à la gare Saint-Charles.

— Vous n'avez pas de bagage ? s'étonna-t-elle.

Barthélemy n'osa pas avouer qu'il avait dormi tout nu dans le lit douteux d'un hôtel borgne.

— Je suis parti de Callian si précipitamment que je n'ai même pas eu le temps d'emporter de quoi me changer.

— Mon Dieu ! s'exclama-t-elle d'un air attendri.

Ce fut au moment de gravir les innombrables marches qui mènent aux quais qu'il osa glisser son bras sous celui de Georgette.

— C'est bon de pouvoir s'appuyer sur vous, dit-elle.

Peu après, Barthélemy s'installait dans un inconfortable wagon de troisième classe. Ce fut en mesurant combien de radieux souvenirs le distrayaient de son enquête qu'il comprit enfin qu'il était bel et bien amoureux.

23

Depuis la visite que lui avait faite Barthélemy, Philomène ne se sentait pas très bien. Rien ne pouvait apaiser la rage qui la faisait aller et venir sans raison et renverser son verre au lieu de le vider. Assise à sa table, les yeux fixes et les doigts entrecroisés, elle râlait : « Le petit Jean du Casteloun va avoir la tête coupée ? Ça, ce n'est pas possible, je ne peux pas le laisser faire. Il faut que je trouve moyen de dire ce que je sais sans être obligée de m'en remettre à ce tas de bordilles de gendarmes. »

Philomène sortit du bois proche de sa maison en tenant la dépouille d'un lapin au bout de son bras. Elle attacha la bête à un clou et commença à la dépecer.

— Voilà bien ce que j'aimerais faire à celui qui a tué Eugène, murmura-t-elle tout en fendant la peau lisse et rose du ventre de la pauvre bête. Je lui enlèverais le cœur et le foie et je les jetterais aux chiens.

Elle s'en voulait de ne pas s'être confiée au brave homme qui l'avait aidée si courtoisement, à ce brave homme qui, lui aussi, aimait bien Eugène. Cela avait été plus fort qu'elle : à la retraite peut-être, mais gendarme tout de même !

Philomène découpa le lapin en dix morceaux réglementaires. Elle les jeta dans l'huile chaude et, de découragement, ses bras tombèrent le long de son corps.

Qui avait tué Eugène ? Elle le savait bien, pardi ! C'était ce fumier, ce gros counas, cet enculé de merde qui ne manquait jamais de la traiter de putain chaque fois qu'elle le rencontrait. Un grossier mange-merde qui l'injuriait mais qui, vingt ans plus tôt, aurait volontiers vendu sa chemise pour un petit baiser.

Pourquoi n'avait-elle rien dit au brigadier ? Vé ! Pour ce que cela lui avait rapporté naguère de dire tout ce qui lui passait par la tête ! En galère, elle avait bien fait de se taire. On dit un mot, on vous demande un autre, un troisième et puis, petit à petit, on se retrouve dans une histoire de fin du monde et dans les emmerdes jusqu'aux yeux...

Elle recouvrit le poêlon de son couvercle.

« Tout de même, j'aurais dû tout dire... pas au brigadier, bien sûr, mais à l'autre bonhomme, celui qui aimait bien Eugène. » Elle aurait commencé par lui parler du jour maudit où il était venu, comme il en avait l'habitude, bavarder un petit moment avec elle.

Quelle heure était-il quand il était arrivé, tout joyeux, sifflant une chansonnette ?

A l'oblique de l'ombre, il devait être pas loin de sept heures. Ainsi qu'il le faisait tous les mois, régulièrement, Eugène avait grimpé lentement ses propres restanques et puis les siennes, passant à travers les bosquets de roseaux et les touffes de genêts, planplan, sans se faire voir, en allant chaque fois d'un bout à l'autre des berges, tout doucement, comme quelqu'un qui se promène.

« Aujourd'hui est un grand jour, avait-il dit en s'asseyant près d'elle.

— Ah vouïé ?

— Sûr ! »

Il riait tout seul. Il avait attendu un bon moment avant de lui confier à chut chut, comme si les murs avaient eu des oreilles :

« Demain, je m'en vais loin, loin... A Casablanca...

— Au Maroc ? »

Philomène avait été fière de pouvoir dire où se trouvait Casablanca. Eugène avait cligné de l'œil.

« Exactement ! Là-bas, plus personne ne m'emmerdera jamais. »

Il avait frappé sur la poche de sa veste.

« Là, j'ai mon billet pour le bateau... »

Ensuite, ils avaient longuement parlé de l'Afrique et puis aussi de Nice, de la belle vie qu'on y menait.

Ils avaient bu du pastis et mangé des olives.

Lorsqu'il était parti, Eugène était encore plein de rêves.

« Je m'en vais régler son compte à l'emmerdeur, lui

avait-il dit. Va, Philomène, porte-toi bien, je t'enverrai des sous comme d'habitude, ne crains rien, je ne t'oublierai pas. Je t'enverrai aussi des cartes postales. »

Elle aurait dû tout dire. Pas aux gendarmes, bien sûr, les gendarmes ne sont bons qu'à mettre les pauvres femmes comme elle au cachot sous prétexte qu'elles racolent les messieurs... Tu parles, comme si c'était besoin de les forcer, tous ces cochons qui rôdent dans les rues mal famées !

Elle souleva le couvercle et parfuma sa sauce d'une poignée d'herbes.

Chaque mois, Eugène lui donnait cent francs. En remerciement de quoi ? En remerciement de rien. Parce qu'il était brave et qu'il l'avait connue à sa sortie de prison alors qu'elle errait sur la promenade des Anglais, sans plus de logement et sans un sou. C'est ce jour-là qu'il lui avait offert un verre et des petits gâteaux.

« Reviens au pays, lui avait-il conseillé. Nice ne te vaut plus rien. Que veux-tu ? Tu te fais trop vieille ! Je t'aiderai quand tu seras dans la peine. »

Elle l'avait écouté et il avait tenu parole. Eugène était un gentleman qui ne demandait jamais rien en échange du bien qu'il faisait.

Philomène se sentit soudain le plus misérable des êtres. Elle se savait coupable de se taire mais sa peur des gendarmes la poursuivait encore :

« A choisir entre une pauvre vieille putain comme

moi et l'autre sournois, ils n'hésiteront pas, c'est l'autre qu'ils croiront et c'est moi qu'ils mettront en cabane ! »

En prison, elle le savait bien, il y avait des rats sous les paillasses.

La bonne idée lui vint d'un seul coup, alors qu'elle s'asseyait sur sa chaise. Elle cacha son visage sale et ridé dans ses pauvres mains usées. L'idée était bonne mais il fallait la mettre en scène...

Le lapin nageait dans sa sauce de vin et d'olives lorsque Philomène mit sa capeline trouée sur sa tête.

« Il ne sera pas dit que j'aurai rien fait pour Eugène et pour le petit du Casteloun. »

24

Une petite pluie fine tombait du ciel lorsque Gibous s'éveilla ce matin-là. Il faisait doux encore ; dans la cuisine, sa fille Arnaude mettait du bois dans la cheminée.

Malgré son mètre trente, la pauvre créature était vaillante et preste. Cela faisait bientôt quarante années qu'elle ne s'était pas éloignée de la maison où elle était née, mais elle ne s'en plaignait jamais. A longueur de journée, elle astiquait, cuisinait, brodait finement malgré ses doigts difformes, puis elle sarclait, arrosait et cueillait les légumes du jardin. Le soir enfin, assise près du feu, elle lisait le journal ou écoutait son père parler.

Son enfermement ne lui arrachait pas de larmes, il était le bienvenu. Que son père lui interdise de sortir, qu'il ait honte de la montrer, était une chose bien naturelle et salutaire. Ne le lui aurait-il pas ordonné, qu'elle se serait terrée d'elle-même. Ciel ! Qu'aurait-elle fait hors de ce lieu paisible où elle cachait sa laideur ? Si elle s'en éloignait, à quelles tortures, à quels désastres, à quelles abominations elle se risquerait !

Elle le savait bien. Il y avait de cela trente ans au moins, un jour qu'elle s'était échappée et qu'elle cueillait des asperges sauvages à quelque cent mètres du jardin, des garçons de l'école l'avaient injuriée puis ils lui avaient jeté des pierres. L'une d'elles lui avait fendu la tête.

« La méchante bête saigne ! » avaient-ils hurlé en fuyant devant l'horreur.

La peur qu'elle avait eue ce jour-là faisait encore battre son cœur.

Le café, le fromage et le pain étaient sur la table quand Gibous sortit de sa chambre.

— Bonjour, petite.

Il se plia en deux pour embrasser Arnaude sur le front.

— Bonjour, papa. Vrai, tu as bien dormi… Vois, il est déjà neuf heures.

— Je suis fatigué ces temps-ci…

— Le facteur est passé, il a mis une lettre.

— Ah vouïé ?

Gibous but son café et mâchonna longuement son fromage et son pain. A part les injonctions du percepteur et les lettres de sa cousine du Briançonnet, il était bien rare qu'il reçût du courrier. Il alluma sa pipe et ouvrit la porte.

La boîte à lettres de Gibous n'était qu'une petite caisse fermée d'une planchette. Une grosse enveloppe s'y trouvait de guingois, attendant son destinataire. Gibous s'en saisit sans pouvoir expliquer sa stupeur. Cette lettre ne venait ni du percepteur ni de sa cousine, celle-là pesait de tout son poids. Il se pencha, tenta en vain de déchiffrer le tampon de la poste qui se perdait dans les dessins des timbres.

Il revint vers sa maison, la soupesant, la tâtant.

— Qu'est-ce que c'est que ce machin ?

Il s'assit à sa place et posa le petit paquet sur la table.

— Donne-moi un couteau, commanda-t-il à Arnaude.

La lame découpa soigneusement l'enveloppe. En dessous, il y en avait une autre, une autre encore. La dernière contenait une longue lettre et cinq liasses de billets de mille francs.

Quand Gibous eut fini de lire et de relire la lettre, ses mains tremblaient tout aussi furieusement que celles de Florentina. Il se leva, enleva la pierre qui cachait le trou où il mettait ses économies, il y plaça l'argent et la lettre.

— Regarde bien, dit-il à Arnaude. Tout ça, c'est pour toi quand je serai mort.

La malheureuse se mit à pleurer et à s'agiter comme à chaque fois qu'il disait ça.

— Mais, non, tu ne vas pas mourir !

— Moi, pas encore... mais peut-être bien quelqu'un !

25

A son arrivée en gare de Callian, Barthélemy se dirigea sans attendre vers la maison de Gibous. Il fit tinter sa clochette plusieurs fois, de plus en plus impérativement.

— Papa n'est pas là, lui répondit enfin Arnaude à travers la porte de bois.

— A-t-il reçu une lettre, une grosse enveloppe ce matin ?

— Je ne sais pas.

— Quand revient-il ?

— Je ne sais pas.

— Où est-il allé ?

— Me l'a pas dit.

— Quand revient-il ?

— Je ne sais pas.

Barthélemy pesta, maudit le ciel, puis il se résolut à aller récupérer son cheval afin de rendre une rapide visite au brigadier Machavoine. Il trouva celui-ci rasséréné, bien calé contre le dossier de sa chaise.

— Enfin ! Cette histoire est terminée ! Tu peux me croire, collègue, j'en avais par-dessus les oreilles !

Barthélemy étendit lentement ses jambes puis il se fit cruel :

— Tu te trompes, Jean n'a pas tué.

Machavoine ricana :

— J'ai ses aveux. Il les a répétés vingt fois et a signé son procès-verbal.

— Si tu es un homme, ce papier, tu dois le mettre au feu. Jean n'a pas tué. Il a avoué pour que tu laisses partir la petite. Il a menti, un point c'est tout, et toi, tu t'es empressé de le croire.

Machavoine le prit de haut :

— Il a avoué et tout expliqué. Ils étaient amants, comme tu me l'avais dit... Raison de plus pour assassiner le mari.

Barthélemy entra dans une grande colère :

— Et tu trouves normal qu'un homme laisse dix mille francs à son valet pour ensuite le mettre à la porte sans raison ?

— Chacun fait comme il l'entend. Tu m'emmerdes avec tes raisonnements. Ici, pour tout le monde, les aveux sont signés, donc, l'affaire est close. De toute façon, je n'ai même plus la possibilité de rouvrir le dossier.

Alors qu'il en avait l'intention, Barthélemy décida de ne rien dévoiler de ce qu'il avait appris à Marseille. Il ne parla pas davantage de l'enveloppe expédiée par Mireille. Cela ne servirait à rien puisque Machavoine n'était plus chargé de l'enquête. Il demanda seulement :

— Donne-moi le nom de son avocat.

— Il n'en veut pas.

— Coquin de sort, il en aura un quand même !

Barthélemy sortit du bureau du brigadier en claquant la porte.

Il remonta sur son cheval et le dirigea au petit trot vers la maison de Maria, espérant bien y trouver Giuseppina. La jeune femme vint vers lui en arborant des yeux rougis dans un visage lugubre, elle ne tenait plus sur ses jambes. Elle se jeta dans ses bras.

— Il ne peut pas avoir fait ça !

— Je sais, je sais, dit Barthélemy en lui tapotant l'épaule, je m'en occupe, rien n'est perdu tant qu'il n'est pas passé en jugement. J'ai mon idée mais il me faut encore des preuves. Il faut que tu m'aides, petite. Viens t'asseoir près de moi.

Ils descendirent l'escalier qui conduisait au minuscule jardin puis ils s'installèrent l'un près de l'autre à côté du lavandin.

— Dis-moi, qui venait rendre visite à Eugène ?

— Personne. Il disait que ses amis étaient à Marseille. Il avait passé sa vie là-bas.

— Il buvait beaucoup, m'as-tu dit. Il semblait en peine ?

— Oui, mais plus guère les derniers temps, ce n'était pas un vrai choucatoun. A l'époque où j'étais encore jeune fille et où je venais cueillir les olives, je me souviens qu'il ne buvait pas. Aux moissons, il était là dès l'aube, frais comme un gardon. Il a commencé plus tard, tout doucement. Il buvait en regardant le plafond.

Giuseppina resta un moment rêveuse puis elle ajouta :

— Mais ces derniers temps et surtout depuis que le petit est né, il paraissait moins en peine. Il s'en occupait beaucoup, savez-vous, il le faisait sauter sur ses genoux et lui racontait des histoires. Il n'était plus jamais triste à en mourir comme avant. La veille du premier jour des moissons, je l'ai même surpris en train de rire tout seul, il semblait heureux.

— Nous avançons, dit Barthélemy, fort satisfait par tout ce qu'il venait d'entendre. Maintenant, écoute-moi. Tu vas prendre un bon avocat capable de bien défendre Jean. As-tu de l'argent ?

— Oui. Jean en a aussi, je sais où il le cache.

— Cela devrait suffire. Habille-toi de propre, petite, et file vite voir maître Canissot à Draguignan. C'est un bon, un vieux crabe que j'ai connu tout jeunot et qui ne lâche pas prise facilement. Demande-lui de s'occuper de l'affaire. Il faut absolument que Jean revienne sur ses aveux. Explique-lui que je suis une bonne piste et que j'irai le voir dès demain. Ne perds pas courage. Allez, zou, mouche ton nez et va !

Barthélemy s'en alla content. Il redescendit chez Gibous mais le vieux n'y était toujours pas. La chose était surprenante.

— Il n'est pas rentré pour manger ?

— Non, répondit Arnaude.

— Ouvre-moi, nous allons l'attendre ensemble.

— Papa ne veut pas que j'ouvre la porte.

— Et pourquoi donc ?

— Parce que les gens me disent des vilaines choses.

Afin de ne pas perdre de temps, Barthélemy décida de s'en retourner voir les voisins d'Eugène. Il les cuisinerait de plus près en leur tendant des pièges plus discrets et plus subtils que la première fois.

Il commencerait par Amédée.

Barthélemy dirigea sa bête droit vers le Casteloun qu'on voyait se dresser tout là-haut. Puis il laissa aller son regard vers la longue suite de berges et vers les grands chênes au loin qui, à l'approche de l'automne, se teintaient de beige.

— Zou !

Il descendit de son cheval devant la maison et tapa vigoureusement à la porte qui s'ouvrit immédiatement. Rose et ses deux fillettes passèrent leur visage dans l'entrebâillement. Rose prit un air déçu.

— Je pensais que c'était mon mari, dit-elle.

Elle semblait anxieuse.

— Il n'est pas là ?

— Philomène est venue le chercher ce matin.

Elle hésita un instant à se confier à cet étranger, puis, l'inquiétude l'emportant, elle ajouta :

— Je ne sais pas ce que cette... diablesse a inventé pour le décider à la suivre !

— Quelle heure était-il ?

— Dix heures à peine. « Je reviens tout de suite »,

qu'il m'a dit. Vé, je m'apprêtais à y aller voir... Mais que faire de mes petites ? Je ne peux pas les mener chez cette mauvaise femme, c'est une... vous savez ?

Barthélemy regarda l'heure à son oignon. Cela faisait quatre heures qu'Amédée était parti en compagnie de Philomène.

— Allez, zou, j'y vais, dit-il, rassurant. Je vous ramènerai votre mari, vous pouvez compter sur moi.

Il lança son cheval dans les escarpements du chemin qui conduisait vers l'oustau de Philomène. Un vague et alarmant pressentiment le poussa à presser l'allure de sa bête.

La maisonnette dormait paisiblement sous les doux rayons d'automne. Barthélemy se rassura de ce silence. Toutefois, au lieu de s'annoncer en frappant à la porte, il choisit de s'approcher sans bruit de l'unique fenêtre entrouverte. Il se colla au mur puis il avança son visage jusqu'à distinguer l'intérieur de la maison.

Philomène et Gibous tournaient le dos à la fenêtre. Tous deux étaient assis, côte à côte, sur un banc, devant l'âtre presque éteint. Des volutes de fumée bleue s'élevaient au-dessus de leurs têtes. Gibous fumait la pipe, Philomène tétait un porte-cigarette. De temps à autre, ils se disaient un mot ou sirotaient l'alcool blanc de leur verre.

Barthélemy recula légèrement afin de mieux digérer sa stupéfaction. C'était bien le dernier endroit où il s'attendait à trouver le vieux bossu. Quant à l'Amédée, point de trace de lui !

Il pointa à nouveau son nez à la fenêtre. A présent,

Gibous avait fini son verre d'alcool de poires sauvages. Philomène, bouteille en main, s'apprêtait à lui servir une seconde rasade. Amis comme pas deux, ils chuchotaient d'une voix pâteuse lorsque soudain, dans un ensemble parfait, ils tournèrent leur visage vers le fond de la pièce. Leurs yeux pétillèrent.

— L'est toujours là, dit clairement Philomène.

— Peut-être bien qu'il n'est pas encore crevé, répliqua Gibous.

— C'est que ça a la peau dure, la saloperie... J'l'ai pourtant pas raté, assena Philomène.

— T'es un fameux fusil, ma vieille.

Et, tranquillement, ils se retournèrent vers l'âtre.

Barthélemy osa alors se déplacer vers l'autre côté de la fenêtre.

Juste devant lui, à deux mètres à peine des deux tranquilles causeurs, Amédée gisait sur le sol.

Quand il apparut, à contre-jour, tête baissée sous le linteau trop bas, les deux vieillards le dévisagèrent.

— Vé, la gendarmerie, constata Philomène.

— Té, petit, dit Gibous en retournant son pouce vers le fond de la pièce. Le voilà, l'assassin d'Eugène ! Il vaut mieux deux qui savent que vingt qui cherchent.

26

Barthélemy marqua un temps d'arrêt dans l'embrasure de la porte afin de mieux contempler la scène. A sa gauche, les deux vieux l'observaient, nullement inquiets, une lueur narquoise dans les prunelles. A sa droite, Amédée gisait sur le sol malmené, au milieu d'une flaque de sang séché. Le malheureux avait reçu une décharge de plomb dans le ventre, il avait dû longtemps souffrir avant de rendre le dernier soupir.

Un long moment s'effilocha. Gibous ricanait, Philomène finissait son verre en léchant ses lèvres entre chaque lampée.

Toujours ébahi mais solidement planté au centre de la pièce, Barthélemy ne parvenait pas à se décider. Il hésitait, perplexe, bouleversé plus qu'il ne l'aurait voulu par le pathétique spectacle de ces deux vieillards satisfaits d'être parvenus au bout de leur amère rancune. Devait-il laisser tous les acteurs du drame en place et se précipiter au village pour y trouver un téléphone ou bien devait-il tenter de conduire, en les poussant et les tirant, les deux pauvres vieux empégués jusqu'à la gendarmerie ? Son devoir de soldat lui disait de s'emparer sans attendre des coupables mais une voix moins zélée lui conseillait de ne rien précipiter et de réfléchir encore. Il se sentait bien seul dans cette maison perdue dans les broussailles avec, pour unique compagnie, les regards flous des deux bons vieux et celui, vitreux, de l'assassin d'Eugène étendu sur le pavé. Finalement, il choisit d'attendre que le vin ait fini de troubler l'esprit des deux justiciers. Sans doute, alors, le suivraient-ils de bonne grâce jusqu'au village. Il les fit sortir sous la treille, les installa chacun sur une chaise à laquelle, par principe et par prudence, il les ligota.

— T'as pas le droit de faire ça, dit Gibous, t'es plus gendarme.

— Allez, va, caresse mes chevilles, roucoula Philomène, sûr que tu n'en as jamais vu de plus belles...

— T'as pas honte de t'en prendre à nous autres pauvres ?

— Et l'Amédée, tu ne l'attaches pas ?

— Vé, vé, il se sauve !

Et le rire gras de Gibous se mêla aux cascades cristallines de celui de Philomène.

Barthélemy s'assura sereinement de la solidité des liens puis il s'assit pesamment sur la pierre lisse du seuil. Il laisserait passer les heures les plus chaudes en bavardant avec les deux vieux et déciderait du reste plus tard.

Le premier quart d'heure se passa dans la confusion la plus totale. Tandis que Barthélemy questionnait par petites touches, Philomène et Gibous faisaient semblant de ne pas entendre ce qu'il demandait. Elle radotait d'une voix vaseuse de vieilles histoires niçoises et lui gouaillait inlassablement en se moquant des gendarmes et de la gendarmerie.

Plus tard, Gibous, qui somnolait, fut pris d'une interminable quinte de toux et il s'en fallut de peu qu'il étouffât. Il cracha, souffla, Barthélemy le fit boire et l'éventa.

— Si je crève, ce sera ta faute, grommela le bossu.

A présent, Philomène dormait, bouche ouverte et tête renversée sur l'appui de la petite fenêtre. Elle ronflait bruyamment. Gibous somnolait à nouveau, menton dans le cou, sa casquette tombée laissa apparaître un crâne rose et chauve comme celui d'un nourrisson. Barthélemy s'apprêtait à profiter de ce double sommeil pour courir au plus proche, c'est-à-dire au Casteloun, et prier Rose de monter au village afin d'alerter les gendarmes lorsqu'une voix s'éleva :

— C'est moi... J'ai tué l'Amédée... L'a pas volé, la carne.

Barthélemy laissa passer un instant puis il s'étonna :

— Tout à l'heure, Philomène disait que c'était elle qui avait tiré.

— Pauvre femme, elle ne sait plus ce qu'elle dit. A la vérité, c'est moi. J'ai empoigné son fusil et j'ai bien pris le temps de viser... Je l'ai tiré comme un lapin.

— Mais...

— Ta gueule, petit, tu m'escagasses. C'est moi qui ai tué, voilà tout.

Une deuxième quinte de toux lui brisa la voix. Il laissa ensuite rouler sa tête contre le mur et, soudain, il sourit, satisfait, comme réjoui par une pensée secrète.

— Je vais bientôt crever, alors écoute bien... Je m'en vais tout t'expliquer.

Avec sa face tournée vers la voûte de la treille, il semblait parler aux raisins bleus et aux pampres de la vigne.

« Faut remonter loin, loin dans le temps pour tout comprendre et c'est pour cela que, vous autres, vous n'avez rien compris.

C'était en 1886. Au mois de mars de cette année-là, Eugène est venu me chercher pour faire la transhumance à la place de mon cousin qui s'était blessé, pauvre, un jour qu'il était saoul, en tombant d'une berge sur un gros caillou.

— Nous tous, on a besoin de toi, qu'il m'a dit.

L'Eugène, je l'avais vu naître. Du temps où il était minot, je lui courais derrière lorsqu'il venait dans mon jardin chiper mes pommes d'amour.

Lui, cela faisait sept années qu'il faisait la transhumance, il avait commencé à l'âge de dix ans et ça lui plaisait beaucoup. Il en parlait comme d'un beau voyage. Une fois installé dans ma cuisine, il m'a expliqué comment ça se passait :

— En tête du troupeau, il y a les bailes qui connaissent bien les carraires et tous les chemins de par là-bas. Ils préparent les campements et s'occupent de la nourriture de tout le monde. Ensuite viennent les robes, au centre du troupeau, ceux-là prennent soin des ânes, des charrettes et des bagages. Enfin viennent les derniers bailes, ceux qui ferment la marche. Ils acquittent les dommages causés par le passage des bêtes sur les terres et dans les villages...

Nous serons de ceux-là. Tu m'aideras à estimer les dégâts au plus juste, il ne faut pas se laisser faire... La marche dure trente jours, de l'aube à la nuit noire. On ne s'arrête que pour dormir après avoir resserré les troupeaux...

En galère, comme ma femme et mes trois aînés venaient de mourir par la faute de cette pute de variole qui avait fait crever la moitié du canton, je suis parti en transhumance avec Eugène, qui était un bon gars et que je connaissais depuis toujours.

A l'arrière du troupeau long comme une rivière, ensemble, nous menions les brebis fatiguées et les jeunes agneaux. A cette époque, j'avais quarante-six ans, Eugène, lui, n'était qu'un tout jeune homme de dix-huit ans à peine. Fallait le voir avancer, grand, mince, élégant comme un milord malgré ses pantalons de misère... Quand il se dressait dans son manteau de laine, on aurait dit un prince anglais. Il toisait ceusses qui n'étaient pas contents et discutait le prix des dommages comme le meilleur des maquignons. Tout jeune qu'il était, mais, fan d'une lune, il valait déjà son pesant d'or tant il avait la bonne manière pour mener les affaires ! En plus, il aimait les bêtes : le bon pastre fait le bon troupeau !

Trente jours de marche côte à côte, trente jours de pain et de travail partagés, c'est quelque chose qui compte dans une vie. C'est comme ça qu'Eugène est devenu mon ami, comme si nous étions des frères, ou mieux, comme le père et le fils.

Il ne parlait guère, vrai, mais il avait l'œil partout, les chiens venaient chercher les ordres, ils obéissaient à la couleur de ses yeux. Moi, pauvre, je l'aidais comme je pouvais et, chaque jour, je me disais que j'aurais aimé avoir un garçon comme lui. Le soir, on partageait notre soupe et puis je lui roulais des cigarettes car il était maladroit de ses doigts et la moitié du tabac se perdait quand il les roulait lui-même...

On se parlait guère mais on se comprenait bien. Une fois que je me suis estourbi la cheville dans un trou, il m'a soutenu par l'épaule trois jours durant sans jamais se lasser.

Au centre du troupeau, il y avait Gaspard, le chef des robes. Cette année-là, il était accompagné d'un garçon de dix ans qui venait de Castellane. Il s'appelait Amédée, c'était le fils du cordonnier. Il voulait être berger, disait-il, c'était la première transhumance qu'il faisait...

Une fois arrivés à Saint-André, chaque troupeau a rejoint ses pâturages et les bergers d'ici se sont trouvés séparés de ceux de Castellane.

Un mois a passé là-haut dans la montagne. Soleil qui ensuque, pluies de fin du monde, Sainte-Barbe,

Sainte-Fleur, arc de soie[1] et ventoulet[2]... mais surtout l'orage... et son tambour des limaces qui nous faisait trembler de peur de recevoir sa foudre !... Il se trouva qu'un soir, à l'heure de dormir, les bergers de Castellane, qui remontaient de la vallée avec le sel et le pain, se sont arrêtés chez nous, vu qu'il tonnait et pleuvait toutes les pierres des moulins. Tout en mangeant, avant de s'endormir, nous avons parlé longtemps. Gaspard était un bon gars, je n'en dirais pas tant de l'Amédée... »

Gibous marqua un temps.

— Bourre-moi ma pipe, demanda-t-il à Barthélemy.

— Tu vas encore tousser.

— Bourre-moi ma pipe, sinon je me tais.

Gibous téta sa pipe et fit une grimace.

« Des jours et des jours ont passé...

Il faisait beau temps depuis une semaine. Boùdieu, et le soleil tapait dur – en montagne, il tape plus fort vu qu'il est plus proche de nous. Ce jour-là, l'orage ne menaçait pas, les moutons paissaient tranquillement, et comme, par beau temps, deux pastres et quatre chiens suffisent pour surveiller deux mille bêtes, vers midi, les enfants et quelques jeunes bergers sont

---

1. Arc-en-ciel.
2. Petit vent.

montés un peu plus haut encore sur la montagne, jusqu'à un petit lac dans lequel, disaient-ils, ils se lavaient et s'amusaient à se jeter de l'eau. Eugène y allait souvent. En ce temps-là, il avait de bonnes jambes, il avalait et dévalait les pentes et les rochers plus vite que la marmotte qui a vu l'aigle passer.

Les jeunes bergers disaient que le lac était plus bleu que, le soir, le ciel du levant : "On y voit la neige des sommets !"

Ce jour-là, j'ai dit aux autres qui gardaient avec moi :

— J'aimerais bien voir la neige dans le lac. Je vais et je viens, pas plus. Je ne vous laisse pas longtemps et... à charge de revanche.

Les jeunes étaient déjà partis, j'ai suivi leurs traces et je suis arrivé au petit lac bleu comme le ciel avec du lait et de l'or dedans. Coquin de sort, c'est une merveille qu'on ne voit que là-bas. Quand on tournait le dos à la vallée, on se croyait sur le chemin du paradis, bien loin au-dessus du monde des pauvres de nous. Les jeunes étaient en caleçon, ils s'amusaient à s'éclabousser, trempés des orteils aux oreilles. Mais l'Eugène, lui, n'y était pas.

— Et l'Eugène ? j'ai demandé.

— Il est monté plus haut, avec Cézaire, m'a répondu Amédée.

Il désignait du doigt le sommet d'un mamelon, plus haut dans la montagne.

— Paraît qu'il y a un autre lac.

— Eh bé, té, du temps que j'y suis, j'y vais voir, moi aussi !

— Je peux venir avec vous ? a demandé l'Amédée.

— Si tu veux.

Et nous voilà partis pour rejoindre Eugène et Cézaire... Cézaire était un gars de la montagne, un drôle de type qui rôdait toujours au milieu des bergers. Les autres ne l'aimaient guère, mais moi, pauvre, je ne le connaissais pas, je ne me suis pas méfié...

Le chemin se voyait bien, nous n'avons pas eu à chercher notre route pour y arriver. Fan de pute, il aurait mieux valu qu'il n'y ait pas de chemin, qu'on se perde et qu'on n'y arrive jamais. »

Gibous se tut.

« Ce que j'ai vu en arrivant là-haut, trente ans après, je ne peux pas le dire encore. Vrai, tu peux m'arracher la langue, aujourd'hui comme demain, je ne le dirai pas. Mais ce que je peux dire c'est que, fan de pute, Eugène et Cézaire s'entendaient bien, comme cul et chemise !

Le malheur, c'est que l'Amédée les a vus aussi.

— Ils font comme les béliers, qu'il a dit.

Une chose comme ça, je l'avais entendu dire mais je n'en avais jamais vu. Sans attendre, j'ai pris Amédée par la manche et je l'ai fait redescendre de là-haut d'un coup de pied au cul puis je l'ai rattrapé, pris par les deux oreilles, et je lui ai dit bien clairement :

— Si tu dis un seul mot de tout ça à ceux d'en bas, aussi vrai que je suis Gibous, je t'arrache les oreilles et je te saigne comme un cochon. Compris ?

Je devais avoir l'air terrible. J'étais fou de rage à l'idée qu'une chose pareille se sache. Pensez un peu, tout le monde savait que j'étais l'ami d'Eugène, cela faisait un mois qu'on ne se quittait pas... Des fois, je posais mon bras sur son épaule, des fois, la nuit, je dormais à côté de lui... D'ici à ce qu'on dise que j'étais de la même race de bastard que lui !

Amédée tremblait et faisait le malin en même temps. C'était déjà un dégourdi malgré ses dix ans. J'ai eu envie d'écrabouiller sa tête contre le roc. Alors, j'ai passé l'envers de mon couteau sur son cou pour bien lui faire comprendre ce qui l'attendait s'il ouvrait sa petite gueule de musaraigne.

Le soir venu, lorsque Eugène et moi nous nous sommes retrouvés ensemble dans la cabane, je lui ai sauté à la gorge et je lui ai foutu une bonne trempe. Il était tout défiguré. Alors je lui ai dit qu'il me donnait envie de dégueuler mes tripes et qu'il m'avait injurié avec son amitié de fourbe et ses belles menteries.

— Tu ne m'adresses plus la parole ! Jamais !

Le fiel brûlait ma gorge. J'avais envie de le tuer, j'avais mon couteau dans ma main et ma main dans ma poche... "Allez, zou, je le sors", je me disais ! Vrai, j'avais envie de le tuer, je disais que des bêtes pareilles, ça ne devrait pas avoir le droit de vivre avec les vrais hommes.

Crois-tu qu'Eugène a voulu me faire taire d'un

coup de poing ? Penses-tu ! Il n'a rien dit et rien fait pour se défendre, pas même levé la main. Les yeux lui sortaient de la tête, il tremblait comme une feuille. Il a pris sa couverture et il est allé coucher dehors.

Le lendemain, je suis allé vers la cabane de Gaspard pour m'assurer qu'Amédée n'avait rien dit. Il avait tenu parole, mais tout de même, avant de repartir, j'ai pris le temps de refaire mine de passer mon couteau sur son cou pour qu'il n'oublie jamais. »

Gibous eut une toux mauvaise, à force de se racler la poitrine, il devint rouge puis blême. Barthélemy remplit un verre d'eau.

— Bois, Gibous. T'en fais pas, j'ai tout compris, pas la peine d'en dire plus.

— T'as rien compris. Je crèverai quand j'aurai fini.

« Cette chose me rendait malade, malade pour de vrai, des fois, je dégueulais, j'avais mal au ventre dès que j'y pensais. Alors, la nuit suivante, je me suis fait la belle et je suis redescendu tout seul avant les autres. Lorsque je suis arrivé ici et que j'ai vu le Grand Chêne juste à côté de ma maison, j'ai compris que j'aurais toute ma vie cette saleté d'Eugène devant les yeux. Sûr qu'un jour on me mettrait dans le même sac que lui. Je ne dormais plus. J'ai voulu le dénoncer aux gendarmes pour qu'on m'en débarrasse, qu'on l'envoie aux galères et pour que je ne voie plus sa sale gueule de sournois. Mais j'avais très peur que les gendarmes, qui sont roublards, me comprennent de travers et me disent comme lui. De peur de mal dire les choses, j'ai pas trouvé les mots qu'il fallait. Comme je tardais à m'expliquer clairement, tes collègues m'ont envoyé au diable :

"En galère, fiche le camp ! Ce qui se passe en transhumance ne nous regarde pas. Va te plaindre à ceux de Saint-André-des-Alpes." »

27

« Je ne suis plus jamais retourné en alpage, Eugène non plus. L'année suivante, il est parti faire son régiment dans la marine. Il n'est pas revenu de dix années entières. Il était en Afrique, c'est là-bas qu'il s'est cassé les os de la jambe qu'on a mal recollés.

Amédée, lui non plus, n'a plus jamais fait le berger. Il se disait qu'il chassait les marmottes, les hermines et les renards pour vendre leurs peaux sur toutes les foires des environs.

En 1896, Eugène a quitté les bateaux et il s'est installé à Nice puis à Marseille. La honte l'empêchait de revenir à Callian et j'en étais bien content.

C'est bien plus tard que j'ai appris qu'il logeait à Montredon où il tenait le bar d'un autre comme lui : la Tartane, ça s'appelait, il n'y venait guère que des gars de la marine, une sorte de bordel pour les pauvres détraqués comme lui...

Fatalité, quand il a eu vingt ans, il a fallu qu'Amédée, lui aussi, fasse son régiment dans la marine. Un jour que son bateau faisait escale à

Marseille, des collègues à lui l'ont emmené à la Tartane :

"Viens avec nous voir les pédés, les folles, les tantes, on va leur casser la gueule et rigoler un bon coup !"

Ils y sont allés et c'est là qu'Amédée a rencontré Eugène pour la deuxième fois de sa vie.

La suite, vous vous en doutez. Amédée est une vipère ; petit et maigre comme il est, il n'aime pas la bagarre, il préfère les coups fourrés. Il a planté ses crocs dans le talon d'Eugène et ne l'a plus lâché. Chaque fois qu'il le pouvait, il se plantait sur sa route : "Donne-moi cent francs, ou je monte à Callian dire à tout le monde ce que tu es."

Eugène payait, payait encore. Mais comme il était malin, en secret, il ne disait pas qu'il avait une autre affaire qui lui rapportait gros. Hélas, lorsque son ami est mort, il n'est plus allé si souvent à la Tartane ou bien il y allait en cachette et partait sur sa barque pour pêcher des poissons. Mireille tenait le bar à sa place. Amédée l'a eu mauvaise, il a cherché dans tous les coins sans parvenir à retrouver sa poule aux œufs d'or.

Eugène vivait à Marseille. Il n'était plus le même, il s'habillait comme à la ville, il portait un canotier et des gants jaunes. Mais, pauvre, il avait le mal du pays et, lorsque, de temps en temps, il revenait à Callian, il renfilait ses frusques de berger et ne manquait pas de s'en aller retrouver ses collègues pour une partie de boules ou une partie de rami. Il ne cachait pas qu'il était à l'aise et payait les tournées. C'est alors qu'il a eu l'idée de se marier et de faire des enfants comme tout le monde. Avoir une femme, c'est la preuve qu'on est un homme comme les autres. Amédée pourrait bien revenir et dire ce qu'il voudrait, on ne le croirait plus.

La guerre est venue... Amédée est parti la faire, et Eugène s'en est cru débarrassé.

Hélas, sa femme, qui n'avait pas une bonne santé, ne lui avait pas donné d'enfant. Lorsqu'elle est morte, il n'a pas eu le courage d'en reprendre une autre. Il vivait bien entre son commerce de vins et son petit bar où il allait souvent sans plus craindre de rencontrer cette vipère d'Amédée.

L'affaire aurait pu en rester là...

C'est de ma faute si elle a continué. »

Gibous soupira profondément.

« Hélas, un jour de foire, il a fallu que je monte à Castellane, moi qui n'y étais jamais allé. Ce que je suis allé y faire, je ne m'en souviens pas, j'étais veuf et j'avais toujours envie d'être ailleurs que chez moi. J'y suis monté avec mon ami François, le charretier.

La première personne que j'y ai vue, vous l'avez deviné, c'est ce bougre de salopard d'Amédée. Coquin de sort, alors que presque tous y avaient laissé leur peau, lui était revenu de la guerre avec bon pied, bon œil, pas une égratignure. On s'est retrouvés au café de la place. J'avais déjà mon compte de pastis et de clairette quand il m'a tapé sur l'épaule.

— Tu serais pas le Gibous de Callian ?

Je ne sais pas pourquoi, le vin sûrement, mais je n'ai pas dit non. Vé, j'étais même content de le voir, le vin me saoulait.

— Eh té, Amédée, comment tu vas ? T'as de la moustache à présent ?

Et puis on a parlé de tous les autres pauvres qui étaient restés sur le champ d'honneur. Il y en avait des cents et des cents. C'est à ce moment-là que j'ai parlé de Donatien et de sa maison que personne ne voulait acheter.

— Pauvre, figure-toi que mon voisin Donatien est mort et que, depuis, sa belle terre et sa maison sont à vendre... pour presque rien, peuchère, vu que personne n'en veut, vu qu'il n'y a plus de bras pour faire le travail, vu qu'il n'y a plus que des veuves... Et patali et patala...

Ce que j'ai dit ensuite, je ne m'en souviens plus très bien. Amédée remplissait mon verre. J'ai dû en venir à parler d'Eugène, qu'il s'était marié, qu'il avait une belle affaire à Marseille, qu'il était veuf, qu'il revenait souvent à Callian...

La suite, vous la devinez sans peine, Amédée est retourné à Marseille, il a cherché Eugène et il l'a retrouvé, bien sûr.

Cette fois-là, il ne lui a pas demandé cent francs, il lui en a demandé mille. Chaque quinzaine, il faisait le voyage rien que pour ça. Il se mettait sur sa route et ne le lâchait pas tant que l'autre n'avait pas payé.

Tant et si bien qu'Eugène a dû vendre son affaire et s'en est revenu vivre à Callian. Hélas, il avait à peine rouvert la porte du Grand Chêne qu'Amédée me soufflait sous le nez le Casteloun avec l'argent qu'il avait extorqué à Eugène.

Une semaine après, sans vergogne, il s'y installait avec sa femme et ses enfants !

Et voilà, le chantage est devenu plus facile encore, il n'avait qu'à traverser quelques berges pour se remplir les poches. Il en rigolait bien, le bougre, quand il passait par chez moi, il s'arrêtait, s'asseyait sous ma treille et me disait tout :

— Je la tiens bien, la salope, elle ne peut rien me refuser de peur que je dise ce que je sais. Tu verras que bientôt le Grand Chêne sera à moi.

Vous me croirez si vous voulez mais, bien plus qu'Eugène, celui-là me donnait l'envie de dégueuler. Un jour qu'il regardait ma fille Arnaude en rigolant, je lui ai dit :

— Sûr qu'Eugène me dégoûte, mais toi tu me dégoûtes plus encore.

Il m'a répondu :

— Si tu parles trop, je dirai que tu es de la même race de porc que lui.

Eugène a sans doute compris qu'Amédée ne le laisserait jamais tranquille. Ses économies devaient fondre. C'est alors qu'il a épousé Giuseppina avec le petit qu'elle avait dans le ventre. Dès que l'enfant est né, il s'est rendu chez le notaire et il a fait son testament et d'autres papiers pour tout arranger. Mais cela n'a pas arrêté Amédée.

Un jour qu'il lisait le journal, Eugène a eu une idée magnifique, une idée qui allait le tirer de toutes ses emmerdes. On y parlait du Maroc. Il a décidé d'y aller pour toujours.

Les moissons commençaient.

Ce jour-là, vers six heures, après avoir bavardé avec Odilon, Eugène a fait un grand détour par ses berges les plus hautes, là où des roseaux touffus bordent un petit sentier, puis il est allé rendre visite à Philomène pour lui dire au revoir. Philomène était son amie depuis longtemps, il était le seul à ne pas la traiter de pute.

On peut dire tous ses secrets à cette pauvre vieille vu qu'elle ne parle à personne et que personne ne lui parle non plus.

Ensuite, il est allé chez l'Amédée pour lui régler son compte. Il était bien tard, sa femme et ses enfants dormaient déjà mais, comme il faisait un peu de jour encore, l'Amédée traînait pas très loin de sa maison.

— Tu n'auras plus un sou, petite ordure, tu peux dès maintenant aller raconter ce que tu veux à qui tu veux, je m'en fous. Demain, je ne serai plus là ! Je pars pour les Amériques avec tout mon argent, tu pourras toujours essayer de me courir derrière... Tu ne me rattraperas jamais !

Amédée n'en a pas cru ses oreilles. A force de voler de l'argent, beaucoup d'argent, il s'était habitué. L'argent, c'est une habitude qui vient facilement mais qui ne s'en va jamais. Plus on en a, plus il en faut, et puis c'est comme le vin, ça saoule et ça rend méchant.

Il est entré dans une colère de fin du monde, une colère froide et silencieuse comme celles qu'ont les avortons dans son genre. Il en était encore à chercher une bonne revanche ou une mauvaise vengeance, lorsque, fatalité, sans se douter du danger, Eugène est descendu par le petit escalier creusé à même le muret de la restanque... lentement, à cause de sa jambe malade. Amédée a pris la serpette qu'il avait à la ceinture et, du haut de la berge, il lui a donné un bon coup sur le crâne.

C'était nuit noire quand l'Amédée est allé jeter Eugène dans le puits du Plan. Elle a dû en baver, la musaraigne, pour le mener jusque là-bas, vu qu'il est petit comme une crevette. La méchanceté a dû lui donner des forces.

Ça, je l'ai compris tout de suite. Dès qu'on a ressorti Eugène du fond du puits.

Je n'ai rien dit parce que ce n'était pas mes affaires et, aussi, de peur qu'on se remette à parler de mon amitié avec Eugène du temps de la transhumance. Que si je prenais sa défense, on dirait que, moi aussi, j'étais un bastard.

Amédée traitait Eugène de tapette et il terrorisait Philomène en la traitant de putain.

Il riait de ma fille parce qu'elle est naine.

Je sais ce que c'est que la moquerie, pas seulement celle des mots mais aussi celle qui fait briller le regard... Moi, du temps où j'étais petit, on me tapait sur ma bosse en m'appelant le goï... Mais moi j'étais grand et fort, j'ai pu me défendre ; ma fille, elle, ne le peut pas. C'était Amédée la salope et j'ai bien fait de lui trouer la peau. »

Gibous ferma les yeux pour retenir ses larmes.

« Eugène, lui, ne se moquait pas d'Arnaude, il disait que c'était la fatalité qui lui avait donné des jambes tordues et la taille d'un petit enfant. Ça, il me le disait déjà du temps de la transhumance, pendant qu'on marchait derrière le troupeau.

— Elle n'y peut rien d'être comme ça... Sûr que si elle avait pu choisir, elle se serait faite avec une jolie taille fine et des belles jambes... Et toi non plus, peuchère, tu ne l'as pas voulue, ta bosse, qu'il me disait le soir. Mais maintenant, content, pas content, il faut que tu la portes sur ton dos jusqu'à ce qu'on te couche au fond... On naît comme on naît, c'est la faute à pas de chance...

Vu que lui aussi était né de travers, Eugène comprenait tout mieux que les autres. Sûr qu'il ne voulait du mal à personne, Dieu garde... »

Gibous laissa tomber son menton, il était pâle.

« Il n'y a que lui qui m'appelait Jocelyn. Demandez voir autour de vous si quelqu'un se souvient de mon nom de baptême. Personne. Ça fait quatre-vingt-cinq ans que, pour tout le monde, je suis "Gibous". Gibous le goï… »

Gibous respirait avec peine. Philomène, le visage décharné, ronflait de plus belle. Barthélemy se moucha longuement en les contemplant par-dessus son mouchoir. Il était ému, il hésitait à troubler leur repos en posant la dernière question, celle qui le tracassait depuis la veille : que contenait l'enveloppe envoyée par Eugène ? Son contenu expliquerait sans doute aussi pourquoi, aussitôt ouverte, Gibous s'était rendu chez Philomène.

Perplexe, troublé, il n'osait perturber leur sommeil lorsque Gibous laissa filtrer un regard à travers ses paupières.

« Eugène m'a écrit une longue lettre. Pétard, longue comme un prêche… Il dit qu'il va partir loin, loin… Avant de partir, il me demande pardon pour la transhumance… Il dit que c'était de l'amitié vraie qu'il avait pour moi… Il dit qu'il ne m'en veut pas, que j'ai bien fait de lui casser la gueule…

Il parle aussi de la petite, il s'inquiète de savoir ce qu'elle va devenir quand elle sera seule. Il a mis de l'argent dans une enveloppe : "Pour que tu puisses vivre encore longtemps quand ton père sera mort." »

Gibous se remit à tousser, une bouffée de sang empourpra son front.

« Alors, tu vois, gendarme… il y a des jours et des jours que je m'interroge, que je me dégandille la cervelle en me demandant si je dois parler ou si j'ai raison de me taire… Mais, ce matin, tout est devenu clair. J'ai pris mon fusil et je suis monté pour trouer la peau de la musaraigne. Je montais doucement le méchant chemin qui mène au Casteloun quand j'ai vu, devant moi, Amédée qui suivait Philomène… Je les ai suivis, pardi… »

Gibous, satisfait, étira ses lèvres.

« Un fameux fusil, cette Philomène. L'a pas raté, j'ai pas eu le temps d'épauler que la vermine avait reçu la décharge de plomb. Après, on a parlé longtemps, longtemps d'Eugène. J'ai parlé aussi d'Arnaude, j'ai dit que je me faisais du souci pour elle :

— Je vais bientôt crever, et alors, qui en prendra soin ?

— Moi, qu'elle a dit, Philomène. »

Gibous attendit quelques instants puis il lança un regard aigu vers Barthélemy, abasourdi, qui tentait de faire le point.

— T'as compris ? Hé, gendarme ?

Barthélemy sursauta.

— Pas question que Philomène aille en prison... Elle a promis de prendre Arnaude chez elle. Elle la cachera dans sa maison, qu'elle a dit, pour que personne l'emmerde.

Barthélemy saisit brusquement.

— J'ai compris, Gibous, j'ai compris. C'est donc toi qui as tiré. Tu as arraché le fusil des mains de Philomène et tu as appuyé sur la détente en visant le ventre.

Gibous opina lentement du menton et répépia à mi-voix :

— Pas question qu'elle aille en prison, elle a promis de prendre Arnaude chez elle... Pas de tour de couillon, hé, gendarme ?

— Pas de tour de couillon, Gibous. Parole d'honneur.

— C'est vrai qu'en prison il y a des rats qui vous bouffent les orteils ?

— Je n'en suis pas certain.

— Ce qui veut dire qu'il y en a... Alors, il vaut mieux que je crève. C'est pas difficile, il suffit de fermer les yeux et de se laisser aller jusqu'à la fin. Allez zou, gendarme, tu peux aller chercher tes collègues, je ne bougerai pas d'ici.

28

Ce jour-là, à la gare de Callian, une foule dense attendait le train en provenance de Draguignan. Les Montauroussiens s'étaient regroupés en silence à l'extrémité droite du quai tandis que, vu qu'ils étaient chez eux, la troupe des Calliannais s'étirait plus longuement et plus bruyamment vers la gauche.

Comme un tiret placé entre deux mots ennemis, Giuseppina et son fils se tenaient à mi-chemin des uns et des autres.

La locomotive s'annonça par un long sifflet et, quand le train eut fini de gémir et de souffler, Barthélemy et Jean du Casteloun apparurent à une portière. Le visage de ce dernier était blanc et maigre. Giuseppina posa Camille par terre. Des hourras de bienvenue s'élevèrent. Le bambin, terrorisé, fit trois pas branlants puis s'accrocha aux jupes de sa mère.

D'une bourrade, Barthélemy projeta Jean du Casteloun en bas des marches. Une nuée de mains le happèrent aussitôt. Il se laissa emporter et bercer par la fête et les vivats tout en souriant vers Giuseppina qu'il apercevait de temps en temps par-dessus les têtes et les chapeaux haut brandis.

Un remous de la foule le poussa enfin vers elle. Il n'osa ni l'enlacer ni l'embrasser, il laissa seulement tomber sa tête sur son épaule, tout près de son oreille, et murmura :

— Coquin de sort, c'est bon de te retrouver, ma Giuseppina.

Quand le train repartit et que les amoureux et la foule remontèrent en cortège vers les villages, Barthélemy se dépêcha de traverser la voie.

Déjà, le haut-parleur annonçait :

— Le train pour Meyrargues va entrer en gare, éloignez-vous du quai, s'il vous plaît... Correspondance pour Marseille à vingt heures trente...

Barthélemy s'adossa au tronc d'un chêne qui donnait un peu d'ombre au trottoir de cailloux et de poussière qui dominait les rails. Lui seul gardait en tête le souvenir de l'arrestation de Gibous. Il aurait tout donné pour ne pas avoir vécu ce moment-là. Il avait fallu pas moins de quatre hommes pour emporter le malheureux qui, à moitié mort ou bien faisant le mort, allez savoir, gémissait en s'accusant du crime tout en refusant de se mettre sur ses jambes. Philomène, ensuquée, dormait encore.

Le pauvre vieux Gibous avait rendu son âme le matin même et, comme promis, Arnaude était montée vivre à deux pas du Casteloun, tout en haut de la collinette, dans la maison de Philomène qui continuait de crier sa rage :

— Puisque je vous dis que c'est moi qui ai tué cette salope d'Amédée ! Nom de Dieu ! J'use ma langue à vous répéter que ces mange-punaise de gendarmes ne sont que des bons à rien !

Un long sifflet sortit Barthélemy de sa mélancolique prostration.

Il monta dans le train de Meyrargues en se disant que, certes, il avait un long chemin à faire mais que, dès demain, il demanderait Georgette en mariage.

Je remercie Jean-Pierre Bottero, maire de Montauroux, René Capinero et Yvette Lambert de s'être souvenus.

DANS LA MÊME COLLECTION

Jean Anglade
Un parrain de cendre
Le Jardin de Mercure
Y a pas d'bon Dieu
La Soupe à la fourchette
Un lit d'aubépine
La Bête et le Bon Dieu (essai)
La Maîtresse au piquet
Le Saintier
Le Grillon vert
La Fille aux orages
Un souper de neige
Les Puysatiers
Sylvie Anne
Mélie de Sept-Vents
Le Secret des chênes
La Couze
Jean-Jacques Antier
Autant en apporte la mer
La Croisade des Innocents
Le Rendez-Vous de Marie-Galante
Marie-Paul Armand
La Poussière des corons
La Courée
tome I *La Courée*
tome II *Louise*
tome III *Benoît*
La Maîtresse d'école
La Cense aux alouettes
Nouvelles du Nord
L'Enfance perdue
Un bouquet de dentelle
Edouard Axelrad
Au fil du fleuve
Erwan Bergot
Les Marches vers la gloire
Sud lointain
tome I *Le Courrier de Saigon*
tome II *La Rivière des parfums*
tome III *Le Maître de Bao-Tan*
Rendez-vous à Vera-Cruz
Mourir au Laos
Françoise Bourdon
La Forge au Loup
Annie Bruel
La Colline des contrebandiers
Le Mas des oliviers
Les Géants de pierre
Marie-Marseille
Michel Caffier
Le Hameau des mirabelliers
La Péniche Saint-Nicolas
Les Enfants du Flot
Jean-Pierre Chabrol
La Banquise
Didier Cornaille
Les Labours d'hiver
Les Terres abandonnées
La Croix de Fourche
Etrangers à la terre
L'Héritage de Ludovic Grollier
L'Alambic
Georges Coulonges
Les Terres gelées
La Fête des écoles
La Madelon de l'an 40
L'Enfant sous les étoiles
Les Flammes de la Liberté
Ma communale avait raison
Les blés deviennent paille
L'Eté du grand bonheur
Des amants de porcelaine
Yves Courrière
Les Aubarède
Anne Courtillé
Les Dames de Clermont
Florine
Dieu le veult

Les Messieurs de Clermont
L'Arbre des dames
Le Secret du chat-huant
Annie Degroote
La Kermesse du diable
Le Cœur en Flandre
L'Oubliée de Salperwick
Les Filles du Houtland
Le Moulin de la Dérobade
Alain Dubos
Les Seigneurs de la haute lande
La Palombe noire
La Sève et la Cendre
Le Secret du docteur Lescat
Alain Gandy
Adieu capitaine
Quand la Légion écrivait sa légende
Un sombre été à Chaluzac
L'Enigme de Ravejouls
Les Frères Delgayroux
Les Corneilles de Toulonjac
L'Affaire Combes
Michel Hérubel
La Maison Gelder
La Falaise bleue
Tempête sur Ouessant
Hubert Huertas
Nous jouerons quand même ensemble
Denis Humbert
La Malvialle
Un si joli village
La Rouvraie
La Dent du loup
L'Arbre à poules
Les Demi-Frères
Hervé Jaouen
Que ma terre demeure
Michel Jeury
Au cabaret des oiseaux
Jean-Pierre Leclerc
Les Années de pierre
Louis-Jacques Liandier
Les Gens de Bois-sur-Lyre
Jean-Paul Malaval
Le Domaine de Rocheveyre
Les Vignerons de Chantegrêle
Jours de colère à Malpertuis
Jean Markale
Notre-Dame de la Nuit
Dominique Marny
A l'ombre des amandiers
Du côté de Pondichéry
La Rose des Vents
Les Nuits du Caire
Juliette Morillot
Les Orchidées rouges de Shanghai
Henry Noullet
Sur la piste de Samrang
La Falourde
La Destalounade
Bonencontre
Le Destin de Bérengère Fayol
Michel Peyramaure
Les Tambours sauvages
Pacifique Sud
Louisiana
Frédéric Pons
Les Troupeaux du diable
Claude Riffaud
Mékong Palace
La Crique de l'or
Rêve de Siam
Jean Rosset
Vir'vent
Les Derniers Porteurs de terre
Jean Siccardi
Le Bois des Malines
Les Roses rouges de décembre
Le Bâtisseur de chapelles
Jean-Claude Sordelli
La Dernière Saison
Jean-Michel Thibaux
La Bastide blanche
Le Secret de Magali
La Fille de la garrigue

Le Roman de Cléopâtre
La Colère du mistral
L'Homme qui habillait les mariées
La Gasparine
L'Or des collines
Jean-Max Tixier
Le Crime des Hautes Terres
Violaine Vanoyeke
Les Schuller
Le Serment des 4 rivières
Brigitte Varel
Un village pourtant si tranquille
Les Yeux de Manon
Emma
L'Enfant traqué
Le Chemin de Jean
Colette Vlérick
La Fille du goémonier
Le Brodeur de Pont-l'Abbé
La Marée du soir

Impression réalisée sur CAMERON par

BUSSIÈRE CAMEDAN IMPRIMERIES

GROUPE CPI

à Saint-Amand-Montrond (Cher)
en octobre 2001

N° d'édition : 6940. — N° d'impression : 014789/1.
Dépôt légal : octobre 2001.

Imprimé en France